illustration HIKARU KANE

「俺、ずぶ濡れですけど、抱きしめてもいいですか」
きゅっと上がった唇の端が、訊くなよバカ、と言っている。
他に誰も見ていないその顔をもっと強欲に奪って独り占めしたくて、
腕の中に引き寄せた。

# 捨てていってくれ

Leave me behind.

高遠琉加

RUKA TAKATOH presents

KAIOHSHA ガッシュ文庫

イラスト☆金ひかる

CONTENTS

★本作品の内容はすべてフィクションです。
実在の人物・地名・団体・事件などとは一切関係ありません。

# 捨てていってくれ

「じゃあ俺と寝てみませんか」

と言った。

笑って。

世界に取り残されたような嵐の夜。

紙切れ一枚ほどもない軽さ。


「いや、だからですね百済《くだら》さん。近親相姦《そうかん》特集なんですよ、近親相姦特集。娘のセーラー服姿の写真ポケットに忍ばせて電車で女子高生に痴漢したあげく捕まって会社クビになる男の話なんて、書かれたって困るんですよ。それじゃ抜けないでしょうが。……え？　社会の暗部なんか抉《えぐ》らなくていいんですよ。もっと別のところを抉ってくださいよ。……ええ。……そうですね。とにかくこのプロットじゃだめです。違うのお願いします。……はい、はい。じゃ、よろしくお願いします」

　電話が終わりそうなのを見てとって、水梨隆之《みずなしたかゆき》は椅子《いす》から立ち上がった。受話器を握っている男のデスクに近づく。

　男はちらりと目を上げて、隆之を見た。相手が通話を切るのを待っているらしい間が数秒。それから、放り投げるようにガチャンと乱暴に受話器を置いた。

「ったく。だから純文かぶれの中年作家はやっかいなんだよ。てめえのオナニー小説なんざ誰も読みたくねえんだよ。隠微と根暗の違いくらいわかりやがれ」

舌打ちしながら、聞こえよがしに呟《つぶや》く。あいかわらず毒舌だ。隆之は思わず苦い笑いに唇を歪《ゆが》めた。

「沖屋《おきや》さん、五広社《ごこうしゃ》からファクス来てます。至急みたいですが」

広告代理店からのファクス用紙を差し出す。沖屋は書類をめくりながら顔も上げずに、

「ああ、そこに置いといて」とそっけなく返した。

伏せた目の睫毛《まつげ》が長い。なめらかな、温度を感じさせない磁器のような頬《ほお》。こんなに綺《き》麗《れい》な顔をしているのに、と思う。

その唇から飛び出す言葉は、さながら雪女の冷たい吐息か、あるいはドラゴンの炎の息か。

青耀社《せいようしゃ》は新宿《しんじゅく》の雑居ビルにオフィスを構える、中小…いや、弱小の出版社だ。現在大学生の隆之は、その中の編集部のひとつ、『檻《おり》の中』編集部でアルバイトをしている。

青耀社自体は一般的な中間小説やグラフ雑誌、たまにハウツー本などを出版しているが、『檻の中』は月刊の男性向け官能小説誌——平たく言うとエロ小説誌だ。表紙にはいつも妖艶《ようえん》な女性の生々しいイラストレーションが躍っている。

そこで編集長を務めているのが、沖屋統《みつる》、二十八歳。その顔に似合わない口の悪さと辣《らつ》腕《わん》ぶりで内外から恐れられている。

「なんだこの資料、使えねえな。こんなんじゃろくな記事にならねえぞ。中学生の夏休みの自由研究じゃないんだ。誰でも知ってるような通りいっぺんの資料集めたってしょうがないんだよ、松木原《まつきはら》」

立ち上がって資料を集めた社員のデスクまで行って、沖屋はばさりとそれを放り投げた。細い顎《あご》を上げて、冷たく言い放つ。

「やり直し」

「ええぇ、沖屋さん、もう時間ないっすよー」

「バカ野郎。時間はあるとかないとかじゃなくて、作るもんなんだよ」

「残業手当出ないのに……」

ぶつぶつ文句を言う社員を見下ろして、沖屋は薄く微笑《わら》った。隆之とそう年齢の変わらない松木原は、喉《のど》が詰まったような顔をして黙り込む。

『檻の中』編集部の人員は、沖屋以下アルバイトの隆之を除き現在五名。中には沖屋より十歳以上年長の者もいるが、彼に逆らえる人間は編集部にはいなかった。もしかしたら社内にもいないかもしれない。

「——こんにちはあ」

沖屋がデスクに戻りかけたところに、頭のてっぺんから発せられて鼻に抜けるような甘ったるい声がした。

「遊びに来ちゃいましたあ」

「リナちゃん」

松木原がニキビの残る顔に喜色を浮かべて立ち上がる。編集部の入口に若い女の子が立っていた。胸元を大きく開けて谷間を強調したカットソーを着ている。

「あのう、あたしカップケーキ焼いてきたんですー。みなさんに食べてもらおうと思って」

リナは以前に何度かグラビアに登場したことのある、素人《しろうと》に毛が生えた程度のモデルだった。細身なわりに胸が大きくて、瞳のぱっちりした愛嬌《あいきょう》のある顔をしている。

「沖屋さん、これ、よかったら食べてください。お仕事お忙しいでしょうから、お夜食にでも」

リナは一目散に沖屋のデスクに直進して、かわいらしくラッピングしたカップケーキを差し出した。

「ああ、ありがとう」

受け取って、沖屋は整った顔にあたりさわりのない笑みを浮かべた。微妙に目が笑っていない、と隆之は思った。

「ねえねえ沖屋さん、今日はお仕事何時頃に終わりそうですか？　あたし、ちょっと相談に乗って欲しいことがあるんですけどー。今後のお仕事のこととか、いろいろ」

グラビアと同じ特上の笑みを浮かべて、リナは椅子に座っている沖屋の方へかがみ込んだ。谷間がいやが上にも強調される。

リナは沖屋に気があるらしく、用もないのによく編集部にやってくる。たしかに沖屋はエロ小説誌の編集部にはもったいないような美形で、なおかつ仕事もできるのだが。

「いや、悪いけど、今夜は仕事の遅い作家のせいで社内待機だから」

あっさり言って、沖屋は立ち上がった。

「今からその作家のところに様子を見に行かないといけないんだ。逃げられちゃ困るからな」

ええー、と身をくねらせるリナをかわして、沖屋は「不破《ふわ》のところへ行ってくる」と言い残し、さっさと編集部を出ていった。

「不破先生、もう原稿上がってるじゃないですか……」

隆之は小声で呟いた。松木原がしょんぼりしているリナに近づいていく。

「リナちゃん、沖屋さんはねえ、やめといた方がいいよ。女の子に興味ないから」

「ええー。それって仕事人間ってこと?」

「違う違う。仕事はたしかにしすぎなくらいするけどね。ここだけの話、あの人……」

わざとらしく声をひそめて、松木原はリナの耳元に囁《ささや》いた。

「ゲイだから」

「えええー。うっそおお」

「ホントホント」

「うっそだあ。信じらんないよ、こんなお仕事してるのにー。松木原さん、からかわないでくださいよ」

「いや、ホントだって」

リナと松木原は共学の高校生みたいにじゃれあっている。ふと沖屋のデスクを見て、自分の渡した至急の用件のファクスが取り残されているのに気づいて、隆之は立ち上がった。

「ちょっと、追っかけてきます」

ファクス用紙を手にして、編集部を出て廊下を走る。ちょうどエレベーターの扉が閉まろうとしているところだった。ダッシュしてぎりぎりの隙間《すきま》に滑り込むと、中で沖屋が目を見開いて何か言いかけた。

その、開きかけた唇が——誘っているように見えたからなんて、ただの言い訳だ。

飛び込んだままの勢いで沖屋の腕をつかんで、隆之は薄い唇に口づけた。どうしてだか今すぐ、こんな会社のエレベーターの中なんかで、キスをしてみたくなって。

「…っ」

さすがに驚いたのか、沖屋の肩がびくりと跳ね上がった。

背中と腰に腕を回して抱き寄せて、口内を舌で探る。いいかげん古くなっているエレベーターが唸《うな》りながら下降していく。沖屋は積極的ではないにしても嫌々でもない様子で、隆之の舌に応えた。

四階分の時間、舌をからみあわせて、地上に着いた時に唇を離した。

熱い息の残滓《ざんし》が唇と唇の間に残る。

「……今晩、行ってもいいですか」

扉が開き始めたので、抱きしめていた腕を解いた。沖屋はすでに余裕を取り戻している顔で隆之を見る。かすかに濡《ぬ》れた下唇を、親指の腹でゆっくりと拭《ぬぐ》った。そのしぐさに、隆之は心臓がキュッと締まるような気がした。

「仕事だ」

「まだそんなに忙しい時期じゃないでしょう？　夕飯は家で食べますよね？」

「それだけ言うためにわざわざ追いかけてきたのか？」

沖屋は片頬に皮肉っぽい笑みを浮かべた。まるで「それしか頭にないのか、ガキ」と言われているようで悔しくて、隆之は手にしていたファクス用紙を沖屋の鼻先に突きつけた。

「五広社からです。チェックして、至急！　返事をくださいと書いてあります。目を通してください」

「……」

沖屋は軽く眉《まゆ》を上げた。二本の指で、ファクス用紙を挟んで取る。

「電話しとくよ」

そのまま身を翻《ひるがえ》してエレベーターの箱を出ていく。出る前に四階のボタンを押していったので、隆之を中に残したまま、視界を遮るように扉が閉まり始めた。

「沖屋さん――」

「晩メシ用意しとけよ」

沖屋は振り返らずに、後ろ姿でひらりと白い紙を振った。その細身の体がビルから出て

見えなくなる前に、扉が閉じてエレベーターは上昇を始めた。

言うのとやるのじゃ世界が違うぜ、と沖屋は言った。

言って、薄い唇を吊《つ》り上げて笑って、ちらりと舌先で舐《な》めた。

あれが最初だった気がする。あの時に初めて、やばいなと思った。それとももしかしたら、最初に会った時にはもう――

どこから始まったのかなんて、後から振り返ってもわからないものだと思う。自分のことなのに。

青耀社でのアルバイトは、大学で所属しているマスコミ研究会のOBに紹介された。現在新聞社に勤めている男で、沖屋とは大学時代からの友人らしい。つまり、沖屋は隆之の大学の先輩にあたる。

初めて編集部を訪れたのは春のことで、隆之は大学三年生になったばかりだった。面接の席で「編集長の沖屋です」と簡潔に自己紹介して自分の前に座った人物を見て、隆之はしばし呆気《あっけ》に取られた。官能小説誌の編集長と聞いて想像していたイメージとは、あまりにも違ったので。

暖かい日で、沖屋は上着を着ていなかった。淡いブルーのシャツのボタンを三つ目まで開けていて、そこから尖《とが》った鎖骨が覗《のぞ》いていた。

「言っとくけど、うちはエロだよ。もしそういうのに抵抗があるなら、やめておいた方がいい」

履歴書も見ずに一番最初に言ったセリフが、それだった。出会い頭にいきなり顔の前で手を叩かれたみたいで、隆之は瞬《まばた》きして顎を引いた。

「平気です」

「ふん…」

沖屋はしばらくの間、じっと意味ありげに隆之を見つめた。あとになって何を考えていたのか訊《き》いてみると、「要領のよさそうな男だと思った」と言う。それから視線を落として、じっくりと履歴書を読み始めた。

伏せた瞼《まぶた》の上に、カラーリングをしているらしい茶色い髪がぱらぱらとかかっている。この人はとても綺麗な顔をしている、と隆之は思った。

こういうタイプの同性に会ったのは初めてだった。動作のしなやかな細身の体。小さい頭。身長は隆之と比べて少し低いくらい、だけど体重はたぶんずっと軽い。隆之の顔を見つめた目はきつくて油断がならなそうで、通った鼻筋と、冷たい印象を与える薄い唇とあいまって、全体的にはひどくくせのある切れ者風に見えた。

(だけど、とても綺麗だ)

隆之自身は、格好いいと言われたことはあっても、綺麗だと言われたことはない。綺麗という形容詞は女性に使うものだと思っていた。だけど世の中には、女っぽくもないし優しそうでもないのに、思わず綺麗だと言いたくなる顔があるものだと隆之は初めて知った。

隆之の不躾《ぶしつけ》な視線にはまったくかまわず、履歴書をぱさりとテーブルに投げ出して、沖屋は顔を上げた。

「水梨隆之、ね。出版社に就職希望だって阿妻《あづま》に聞いたけど」

阿妻というのは、隆之にバイトを紹介してくれたＯＢだ。

「はい。本という媒体が好きなのと、文章を書く人間に興味があるので」

「自分で書くの？」

「いえ。自分でできないから、興味があるんです」

「ふうん。パソコン使える？」

「はい、一応」

「自分の社会常識に自信は」

「……………普通程度には」

「基本的には、大学の授業のない時に来てくれればいい。服装はなんでもいいけど、取引先に会う時や電話に出る時は言葉遣いに気をつけること。交通費は支給する。食事は出ない。残業や休日出勤を頼むことがあるかもしれないけど、都合が悪かったら断っていい。何か質問は？」

さらさらと流れるように言って、沖屋はちかりと光る目で隆之を見た。隆之は思わず小さく唾《つば》を飲んだ。

「……いえ」

「じゃあ、他の人間に紹介するから」

それだけで面接は終わった。おおよその勤務条件は阿妻から聞いていたものの、あまりにあっさりしていて隆之は拍子抜けしたものだ。

「バカじゃないって阿妻が言ってたから」

のちに沖屋は、面倒くさそうにそう説明した。「使えねえってわかったらクビにするし」とも。

切れ者風なのは外見だけじゃなかった。バイトを始めてしばらくたって、仕事にも社員にも慣れてきた頃、隆之は松木原からその話を聞いた。

「沖屋さんって中途入社なんだけどさ、その頃『檻の中』ってもうボロボロで廃刊寸前だったんだって。オレはまだいなかったんだけどね。妙にマニアックな路線に走っちゃって、部数が落ちてさ。そこに沖屋さんが入って、別ジャンルの人気作家引っぱってきて書かせたり、新しい企画を出して雑誌のイメージを一新したりして、奇跡的に復活させたんだ。単行本でも当たりを出したし」

「へえ」

「で、人事異動で前の編集長が左遷された時、島田《しまだ》さんが——島田さんは当時も副編集長だったんだけど、本来だったらあの人が編集長に昇進するところを、島田さん本人が沖屋さんを編集長にしろっつって、自分はその下にとどまったんだ。で、沖屋さんは社内で一番若い編集長になったわけ」

島田副編集長は、沖屋より十以上は年長だ。温厚で人あたりのいい人物だった。

「向かうところ敵なしなんだよ」

沖屋は口は悪いし仕事には厳しいが、やたらに怒鳴《どな》り散らしたり威張《いば》ったりはしない。誰の目から見ても編集部内で一番働いていて、なおかつ結果を出していた。だからこそ編集部の人間は恐れつつも彼を信頼していて、『檻の中』編集部は若い編集長を中心によくまとまっていた。

隆之の仕事は基本的には雑用だが、将来の志望職種なこともあって、仕事は楽しかった。官能小説に抵抗はなかったし、社員も出入りする人間もひとくせある連中ばかりで、大学にいるよりもおもしろい。

中でも松木原は歳も近いので、自然とよく話すようになった。口数が多すぎてしょっちゅう沖屋に苦い顔をされているが、仕事はそこそここなす男だった。性格も陽気で人なつっこい。ただサービス精神がむやみに旺盛《おうせい》で、物事を大げさに喋《しゃべ》ったり内容をおもしろおかしく脚色したりするので、話は割り引いて聞く必要があった。

だから、最初のうち隆之はあまり本気にはしていなかったのだ。松木原から、沖屋さんってゲイなんだよ、と聞かされても。

「冗談ですよね、そんな——」

「本当だったらどうするんだ？」

笑い混じりに言った隆之に、沖屋は平然とそう返した。どこかおもしろがっているような顔で。

その時、編集部には二人しかいなかった。まだ早い時間で他の社員は出社しておらず、沖屋は前日の夜は編集部に泊まったらしかった。それでもコインシャワーに行ってきたとかで、すっきりした顔をしてシャツも新しいものに替えていた。

「どうって」

隆之は困惑して沖屋を見た。給湯室でコーヒーをいれて手渡したところで、沖屋はカップを手に感情の読めない目で隆之をじっと見ている。唇にはかすかに皮肉な笑みが浮かんでいた。

「バイトやめるか？　かまわねえよ。まあ、俺はセクハラなんざする気はないけどね」

「だって……こういう仕事してるのに」

「まあ仕事が仕事だからな。信じない人間が多い。それに松木原の言うことだしな。しかし、別に隠しちゃいないけど、あいつはべらべら喋りすぎだな。ちっと締めとかないと」

「……」

沖屋は立ったままコーヒーをひと口飲んだ。熱すぎたのか、軽く顔をしかめる。でも何も言わなかった。隆之はしばらく考えて、口をひらいた。

「ゲイなんですか」

「ああ」

「カミングアウトしてるってこと?」

「そうだな」

「それでこの仕事、苦痛じゃないんですか。男と女の——その、性描写ばかりでしょう?」

「男と女の性描写、か」

こりゃいい、とこらえきれないように肩を震わせて、沖屋はくっくっと笑った。

「水梨は育ちがいいねえ」

「……からかわないでください」

耳朶《みみたぶ》が赤くなる。どうもこの人の前では自分のペースがつかめないと隆之は思った。

ひとしきり笑った後、沖屋は顔を上げた。

「別に女が嫌いなわけじゃないし、男女のセックスに嫌悪感もない。興味もないけどな。意外に仕事としてならできるもんだぜ。自分の趣味に走らないし、売り上げだけを追える。作家にもいるよ、俺と同じ性癖《せいへき》の奴」

「そういうもんですか……」

「それで?」

「え?」

意味がわからなくて首を傾《かし》げた。沖屋は挑発的に唇の片端《かたはし》を吊り上げる。

「ゲイの上司なんて冗談じゃない、ってんならやめていいんだぜ」

「そんなこと思いません」

　思わずむきになっている口調になった。沖屋はあいかわらず静かに隆之の顔を見つめてくる。冴《さ》えた目に内側まで覗かれているようで、隆之はさりげなく目線をはずした。

「個人の性癖は自由でしょう。誰に迷惑をかけてるわけでもないし。俺はそんなこと気にしません」

「……模範的な答えだな」

　鼻で笑われた、気がした。

　自分でも意外なくらい悔しかった。その薄笑いが、「ガキがわかったような口ききやがって」と言っているように見える。自分は別に優等生じゃない。この人に子供だと思われたくない。

　軽く息を吸って、隆之はわざと軽い口調で言った。

「俺は女の子としかしたことないけど、男とやったらどんな感じかなって思うこともありますよ。もしも好きになった人が男だったら、そういう理由で諦《あきら》めたくはないし。選択肢は多い方がいいですよね」

「……水梨は、女にもてるだろう」

　隆之のセリフにはコメントせず、薄笑いを浮かべたまま、沖屋は一歩近づいた。

　近づくと、沖屋の方が目線が少し低い。上目遣いに見られて、隆之は思わずコクリと唾を飲み下した。

「甘いマスクで、スポーツもそこそこなせそうないい体をしている。俺も出た大学で言うのもなんだが、まあ名の通った大学にストレートで入学している。気がきいてて、周りの人間と適当にうまくやっていける要領のよさがあって、基本的にしっかりしているけど真面目《まじめ》一辺倒でもない。それからこれは想像だけど、水梨はつきあう女の子に優しいんだろうな。スマートにエスコートして、なんでも言うことを聞いてくれそうだ。女に不自由したことないだろう。人生順風満帆《まんぱん》だよなあ」

カップを持った手の人差し指で、沖屋は隆之の胸をトンと突いた。まるで、積み上げられた積み木を指一本で突き崩すみたいに。

「でも、言うのとやるのじゃ世界が違うぜ?」

「――」

喉に何かつかえたように、急に息がうまくできなくなった。

笑みの形にきゅっと吊り上がった口の端から、赤い舌が覗く。唇をちらりと舐めた。それがひどく――生々しくてエロティックで、心臓がふわりと浮き上がるような心地がした。

「おはようございまあーす」

そこに、ドアの方から間延びした声がした。松木原が出社してきたらしい。沖屋はふっと目を逸《そ》らして隆之から離れて、給湯室を出ていった。

「あ、編集長、おはようございます。いいなあ、コーヒー。オレも飲もう」

「水梨がいれてくれたんだよ。インスタントじゃなくてレギュラーで。あいつ、コーヒーいれるのうまいぞ」

「わ、マジすか。水梨くーん、オレもお願いー」

眠そうな顔をした松木原が給湯室に顔を出す。隆之ははっと我に返った。

「あ、はい。ちょっと待ってください」

慌《あわ》てて用意をしようとして手を伸ばして、何を間違ったのかまだ熱いやかんに指先が触れた。短く息を呑《の》んで手を引っ込める。

（……熱）

ジンと疼《うず》く指を、隆之は無意識に口に持っていった。舌を出して舐める。さっきの沖屋の表情がフラッシュバックのように脳裏に浮かんだ。

舌っていうのは温度も色もほとんど内臓みたいだな、とぼんやり思った。


どこから始まったのかはわからないけど、きっかけはわかっている。それは台風の夜にやってきた。八月の終わりに首都を直撃した、夏の置き土産《みやげ》の大型台風。

その日、沖屋は朝から機嫌が悪かった。半年一緒に働いていれば、隆之にだって虫の居所くらいはわかる。人にあたるようなことはないのだが、いつもより口数が少なくて、たまに口をひらくとさらに切れ味鋭い毒舌が飛んできた。社員はみんな戦々恐々として、なるべく目を合わせないように黙々と仕事をしていた。

「なんでもセフレを裸でドアから蹴《け》り出したとか」

給湯室で、噂《うわさ》好きなＯＬみたいに楽しそうに松木原は囁いた。

「はあ？」

「オレの友達が沖屋さんと同じマンションの同じ階に住んでるんだよ。オレ、この部屋に上司が住んでるって教えたことあるんだ。昨日、そいつが夜遅く帰ってきたら、沖屋さんの部屋からマッパの男が転がり出てきたんだってさ。しかも蹴り出したらしい足も見えたとか」

「まっぱ」

「そう。真っ裸で。友達はさすがに気の毒で目を合わせないように自分の部屋に入ったらしいけど、しばらくチャイムを鳴らしたり、ドアをどんどん叩いて哀願してる声が聞こえてたってよ」

同情に堪えないといった態で、松木原は大げさに首を振った。

「いやもう、何して怒らせたんだか知らないけど、想像するだけで涙が出てくるよ」

「……それ、セフレなんですか？　恋人じゃなくて？」

眉をひそめて訊くと、松木原はあっさり返した。

「だって沖屋さん、恋人は作らない主義らしいから」

「……」

「三人いるんだよな。セフレが」

松木原の後ろから、他の社員がひょいと顔を出した。その横にもう一人やってきて、さらに口を出す。

「俺は四人って聞いたぞ」

「えー、違いますよ。七人いて、月曜日の男、火曜日の男、って使い分けてるんですよ」

副編集長の島田を除く三人の社員たちが口々に喋り出す。隆之はただ目を丸くして聞いていた。

「作家の不破先生もそうだよな」

「いや、不破先生は高校の後輩ってだけじゃないか？　あの人、意外に真面目そうだけど」

「いやいやあの二人、絶対あやしいって。こないだ見ちゃったんだけどさ…」

「あ」

目を上げた隆之が呟いた時だった。

「不破と俺がどうしたって？」

冷凍庫から流れ出る冷気のようにひやりとした声が、社員の三人の背後に降り注いだ。

社員たちはいっせいに首を縮めた。

「ここはいつから井戸端会議場になったんだ。うちの編集部はそんなに暇なのか？　だったら人員整理も考えなきゃならんが」

怒鳴ったわけでもないのに怒鳴られたように、社員はさっと散って仕事に戻った。それを見やって鼻を鳴らしてから、沖屋は隆之に向き直った。

「――水梨」

「はいっ。すみません」

隆之も慌てていれかけたコーヒーをそのままにデスクに戻ろうとした。沖屋がそれを手を上げて止める。

「違う。おまえ、悪いけどまた卯月《うづき》先生のところに行ってくれないか。ご指名なんだ。今電話したら、もうすぐ上がるって言ってたから。レイアウトはもうできてるから、受け取ったらそのまま印刷所に突っ込んでくれ。表紙は今日中に入れないと間に合わねえからな」

「あ、はい」

卯月先生というのは『檻の中』の表紙を毎月描いてくれている女性のイラストレーターだ。なかなか売れっ子で、忙しいらしい。以前に一度、隆之が社員の代理で原稿を受け取りに訪れたところ妙に気に入られてしまい、それ以来名指しで呼び出しがかかるようになった。

「わかりました」

「台風が来てるから気をつけろよ」

そっけなく言って給湯室を出ていきかけて、沖屋はちらりと振り返った。

「俺にもコーヒー」

隆之はにこりと笑った。

「はい」

沖屋にコーヒーを出してから、ウインドブレーカーを着てビルを出た。とたんに横殴りの強い雨風が吹きつけてくる。傘が大きく煽《あお》られた。

その時接近していた台風は、気象上の分類でいう〝非常に強い台風〟で、しかも首都直撃を免れない進路で進んでいた。東京では、大雨、洪水、暴風とフルで警報が出ていた。

それでも隆之が会社を出た時点では、外出できないことはない雨量だった。が、もうすぐ上がると言ったわりに表紙はなかなか上がらず、延々待たされてようやく原稿を印刷所に入れた頃には、雨と風は凶暴なまでに強さを増していた。あたりはすっかり暮れていて、道路にはところどころに浅い川ができていた。

印刷所を出たところで、無事に入稿しましたと編集部に電話を入れようとした。けれど携帯電話が繋《つな》がらない。災害や台風の時は回線が集中して繋がりにくくなるというから、そのせいだろう。

帰社の道のりは険しかった。電車は異常に混んでいるし、激しい雨風に煽られて、傘はしょっちゅう裏返ってしまう。なんとか編集部にたどり着くと、服は搾《しぼ》れるほどに濡れていて、髪からぽたぽたと滴《しずく》が落ちていた。

「ただいま戻りました」

言ってくしゃみをした隆之に、ばさりとバスタオルが飛んできた。

「お疲れさん」

沖屋だった。会社に泊まることの多い沖屋はロッカーにいろいろなものを常備している。礼を言って、濡れた髪や体を拭《ふ》いた。

「水梨、丸ノ内《まるのうち》線使ってなかったか?」

「はい?」

バスタオルで頭を覆ったまま、振り返った。デスクについている沖屋はさらりと言った。

「止まってるぞ」

「え……ええっ?」

慌ててタオルから顔を出す。沖屋はおもしろくもなさそうな顔でデスクの上に置いたラジオを顎で示した。アナウンサーの無機質な声が淡々と台風情報を読み上げている。

「地下に潜ってる部分が浸水したみたいだな。他にも止まってる線がいくつかある。電話入れれば教えてやったのに。直帰でよかったんだから」

「携帯繋がらなくて」

「ああ、こういう時って繋がりにくいんだよな。携帯って肝心な時に役に立たねえよなあ」

気づくと、編集部内にはすでに他に誰もいなかった。パーティションで仕切られた隣の編集部もひっそりと静まり返っている。

「電車が止まり始めたら、みんなレミングみたいに逃げ出したぜ。おまえ、丸ノ内線以外で帰れるか?」

ちょうど交通情報を流し始めたラジオに耳を傾ける。めったにない大型台風の直撃に、ろくな備えのない首都は息も絶え絶えといった有様だった。

「……だめですね。バスとタクシーを乗り継げばなんとかなるかもしれないけど、バスは混んでるだろうし、タクシーはつかまるかどうか。家に着く頃には夜が明けていそうだな。沖屋さんは帰らないんですか？」

「俺はここに泊まることにしたから。どうせ仕事もあるしな」

落ち着き払った顔で沖屋は答えた。会社に泊まるのには慣れているんだろうが、沖屋が一人だけ社外に出ているバイトを放って帰るわけにいかなかったのは明白だった。こういう時に部下に留守番をさせてさっさと帰るタイプじゃない。

時刻は八時を回っている。台風が関東を抜けるのは明朝らしいし、待っていても今夜中に電車の運行が再開される見通しは低そうだった。窓の外は真っ暗で、その暗闇の中をいよいよ激しくなった雨風が唸り声をあげながら暴れ回っている。ちょっとした遭難気分だ。だけどそんな天候の中、皓々《こうこう》と明かりのついた部屋で沖屋と二人だけでいると、なんだか逆に意味もなく楽しくなってきた。

「俺も泊まることにします」

隆之が言うと、沖屋はわずかに眉を上げた。

「ビジネスホテルとってやろうか」

「いえ、ここでいいです。毛布いくつかあるんですよね？　ソファで寝ます」

「物好きだな。ホテルにすりゃいいのに」

昼間の不機嫌は少しやわらいでいるらしい。しばらく考える顔をしてから、沖屋は「じゃあ、メシ奢《おご》ってやるよ」と言って笑った。

さいわい、会社の隣のビルに入っているダイニングバーは暴風雨の中でも通常通り営業していた。スペインの酒場をイメージしたその店で、小さなテーブルに向かいあわせに座る。スペイン風オムレツ、ムール貝の詰め物、いわしの挟み焼き、と沖屋は次々料理を注文した。

「水梨、酒飲めたよな」

「ええまあ……でもいいんですか？　沖屋さんは会社に戻ったら仕事するんでしょう？」

「俺はあんまり酔わないから。台風で閉じ込められてるんだ。酒くらい飲んだってかまわねえだろうよ」

沖屋はさっさとビールを頼み、さらにワインを追加した。

本人の言う通り、水を飲むように酒を飲んでも沖屋にまったく変化はなかった。料理はあまり食べず、やたらに酒ばかり飲んでいる。同じく帰宅の足を奪われたのか店内にはそこそこ客がいて、みんなやけになったように陽気だった。

隆之はアルコールに弱い方ではないが、沖屋ほどには飲めない。辛口の白ワインを食事をしながら適度に口にした。

「水梨、もっと食えよ。まだたくさん残ってるぞ」

自分はグラスだけを手にした沖屋が、皿をこちらに押しやる。

「沖屋さんこそ、ぜんぜん食べてないじゃないですか」

「昼が遅かったから、あんまり腹減ってないんだよ。おまえ、育ち盛りだろう」

「……育ち盛りはとっくに終えました」

たかが七歳の差じゃないか。

沖屋に子供扱いをされると、自分でも不思議なくらい気に障《さわ》る。あと半年もすれば四年生で、再来年には卒業だ。同じ社会人になってしまえば、七つの年の差なんてたいしたことない――

「そういえば、水梨はもうすぐ就職活動が始まるんだよな」

考えていたことを見透かすように、唐突に沖屋が言い出した。

「はい。なので、今までみたいにはバイトに来られなくなりますが」

「まあしょうがないよな。出版志望だっけ。最近は四年になる前に決まるところも多いって聞くけど」

「そうですね。でも中小は遅いところもあるし……長期戦になるかもしれません。マスコミは難関だし」

「ま、がんばれば？」

まるっきり他人事《ひとごと》の、地球の裏側の天気の話でもするような口調で言って、沖屋はグラスに残っていたワインを一気に喉に流し込んだ。

反らされた細い首の喉仏が、こくりと上下する。

「……俺、このまま青耀社に入れてもらおうかな」

皮膚が薄そうだなとその喉を見て思いながら、隆之は呟いた。沖屋は軽く目を見開いた。

「だめですか？　仕事もけっこう覚えたし、クビにしないってことは少しは使えるって思ってくれてるんですよね？」

「うちみたいな弱小出版社に就職してもしょうがないだろう」

「沖屋さんはそこで働いてるじゃないですか。自分の会社をそんなふうに言わなくても」

「俺のことはどうでもいい。就職なんて、一生の問題だろ。よく考えずに適当なこと言うなよ」

「適当に言ってるわけじゃないんですが……」

なんだか叱《しか》られている気がする。ふと思い出して、隆之は訊《たず》ねた。

「そういえば、沖屋さんって中途入社なんですよね。前はどういう仕事をしてらしたんですか？」

「――」

ほんの一瞬、空気が硬くなった。

酔ってはいないもののリラックスした様子だった沖屋が、目には見えない内側でさっと身構えたのがわかった。口元が神経質にひきつる。それを抑え込むようにきゅっと唇を引き結んで、空になったグラスをテーブルに置いた。

「おまえには関係ない」

いつも通りの――いや、いつも以上に冷たい声で、沖屋はぴしゃりと隆之を閉め出した。どうやら失敗したらしい。

「すみません。あ、そういえば大学の先輩が言ってたんですけど、マスコミの小論文試験で……」

なるべくさりげなく話題をずらして、隆之は普通に喋り続けた。何も気づかなかったというふうに。先輩から聞いた就職活動の失敗談を、少しオーバーなくらいに笑いを交えて話す。

それがポーズなことは、沖屋にもわかっていたはずだった。だけどなかったことにしたいのは同じなのか、強張《こわば》っていた頬を徐々にゆるめて、沖屋は隆之の軽口に曖昧《あいまい》な笑みを見せ始めた。

もっとこの人のことが知りたい。

軽快な口調を続けながら、隆之はひそかに心の内で考えた。傷口のありかがわかれば、もっと上手に、間違えずにできるのに。

食事を終えて店を出る頃には、湿っていた服はほとんど乾いていた。青耀社の入っているビルを外から見上げると、他のフロアには誰も残っていないらしく、土砂降りの雨の中、『檻の中』編集部の明かりだけが寂しく灯っている。

「コーヒーいれましょうか」

沖屋は戻るとすぐにデスクで仕事を広げた。コーヒーをいれて持っていき、「手伝います」と申し出ると、うるさそうに手を振る。

「いいからもう寝ろ」

「まだ九時じゃないですか。こんな時間に寝られませんよ」

「……そうか」

じゃあ、とポータブルレコーダーを渡され、インタビューの文字起こしを頼まれた。

「喋ってること全部、そのまま正確に打ち込んでくれればいい。文法おかしくても後で俺が直すから。聞き取れないところは空けといて」

「はい」

パソコンを立ち上げて、イヤホンを耳にセットする。沖屋の方は赤ボールペンを手に真剣な顔でゲラを読み始めた。二人ともずっと無言で、立てる音といえば、隆之がレコーダーを止めたり再生したりしながらキーボードを叩く音と、沖屋がゲラをめくる音だけだ。

対照的に、窓の外ではあいかわらずこの世の終わりのように強い雨が降り続いていた。自分のいれたコーヒーをひと口飲んで、続きを打ち込もうとした時だった。プッ…という小さな音とともに、モニターの画面がかき消えた。

真っ暗になった。

画面だけじゃなくて、視界全体が。

「えっ…」

隆之は思わず椅子から腰を浮かせた。何も見えない。いきなり暗い穴の底に落とされたみたいだ。

離れたところで沖屋がギシリと椅子を鳴らす。ややあって、それでも憎らしいほどに落ち着いた声が「停電だな」と言った。

「停電……」

窓のある方向を見ると、こちらも塗りつぶしたように真っ黒だ。どのくらいの範囲かわからないが、付近一帯で停電が起きたらしい。

「嘘だろ。保存してなかったのに……」

呆然《ぼうぜん》と呟くと、返ってきたのは「アホ」というにべも同情もないひとことだった。

自分の指先も見えない、目を開けても閉じてもわからないほどの闇。編集部は狭い上に整理されているとは言いがたいので、下手《へた》に動くとどこかにぶつかりそうだ。隆之はそのままそろそろと椅子に腰を戻した。

「困りましたね。すぐ復旧すればいいけど……もう寝ちゃった方がいいのかな。でもこれじゃ寝る用意もできないですね」

沖屋が無言でデスクの引き出しを開ける音がした。手探りしているらしく、ガチャガチャと引っかき回している。やがて、ぽっと小さく、でもこの状況ではこの上なく頼もしい炎が沖屋の手元で灯った。

「ライターですか。沖屋さん、煙草《たばこ》吸う人でしたっけ?」

「俺は吸わない。これは誰かの忘れ物だ」

「煙草吸うのは松木原さんと……植野《うえの》さんか。探せばライターあるかな。でもライターだけじゃ心もとないですね。懐中電灯とかろうそくとかあるといいんですけど」

「……あの取材は松木原だったな」

ライターの火をつけたまま、沖屋が立ち上がった。周りを照らしながら、慎重な足取りで松木原のデスクに近づく。散らかりようでは編集部随一の松木原のデスクにたどり着くと、床に膝《ひざ》をついてその下を覗き込んだ。

「何やってるんですか」

「おまえ、これ持ってろ」

ライターを差し出される。近寄った隆之は自分も同じように膝を落として、沖屋の脇で火をかざした。

松木原のデスクの下には、小さい段ボール箱や紙袋がいくつも突っ込んであったり、本や雑誌が今にも崩れそうに積み上げられている。沖屋は紙袋を引っぱり出して、中に手を突っ込んで探り始めた。隆之はその手元をライターで照らした。

「ちったあ片づけやがれ……」

ぶつぶつ文句を言いながら、半《なか》ば床にぶちまけるようにして引っかき回す。二つ目の紙袋を探している時に目的のものを見つけたらしく、「あった」と沖屋は呟いた。

沖屋が紙袋から取り出したのは、ろうそくだった。ずいぶん大きな代物《しろもの》で、長さ二十センチ近く、太さも極太マジックくらいある。上に向かって広がるクラシカルな形で、真っ赤に彩色された、むやみに大仰《おおぎょう》なろうそくだった。ケーキの上に飾るのには向かないだろう。

「へえ。タイムリーですね。でも松木原さん、なんでこんなの持ってるんだろう。ずいぶんでかいですね」

素朴な疑問を口にすると、沖屋はあっさり答えた。

「これ、SM用の低温ろうそくだから」

「えす…」

動揺して、思わずライターの火を消してしまった。沖屋が小さく舌打ちして、隆之の手からライターを取り上げる。

「前にSMクラブに取材に行った時に、資料として買ってきたんだよ。松木原にソフトなやつ体験させたんだ。思ったより熱くないって言ってたぜ。けっこう気持ちいいってよ」

「そ、そうですか」

「水梨、試しにやってみるか？」

沖屋がろうそくに火をつける。きつく陰影のついた顔が、間近でにやっと笑った。

「遠慮しときます」

沖屋は立ち上がって応接コーナーまで行き、火をつけたろうそくをテーブルの上の灰皿に立てた。闇の中、その一角だけが丸い光に満たされる。応接コーナーといっても、安っぽいソファセットが向かいあわせに置かれているだけの、パーティションも何もないごく簡素なコーナーだ。社員が泊まり込む時は、このソファで毛布にくるまって眠るらしい。

「……しょうがねえな。飲むしかねえか」

しばらく思案していたかと思うと、沖屋はやおら灰皿ごとろうそくを持って、給湯室に向かった。「手伝え」と言われて、隆之はその後を追った。

グラスを二つ、氷、ミネラルウォーター。それから流しの下の扉から、沖屋はウイスキーのボトルを取り出した。いろんなものが出てくる職場だ。さすがにこの状況では、仕事を続ける気はないらしい。

「まだ飲むんですか。さっきあんなに飲んだのに……」

「あんなのたいした量じゃないだろ。水梨、もう寝るか?」

どうやら正真《しょうしん》正銘《しょうめい》のうわばみらしい。隆之は小さくため息をついた。

「つきあいます」

応接コーナーは窓際にあった。誰かの土産のおかきと冷蔵庫にあった固くなりかけたチーズをつまみに、向かいあって座って水割りのグラスを傾けた。

停電はなかなか回復しない。窓の外は雨と風が荒れ狂う暴力的な闇。ろうそくの明かりに照らされて、見えるのはガラスの表面を層になって勢いよく流れ落ちる水の膜だけだ。滝の内側に入ったら、こんなふうに見えるだろうか。地表にあるあらゆるものを雨が叩く音。低く太く唸りながら駆け抜けていく風の音。揺さぶられる街路樹が騒ぐ音。何かが吹き飛ばされて、どこかにぶつかる音。

それなのに、部屋の中はそれらすべての音から切り離されたみたいに、静かで、暗くて、奇妙に穏《おだ》やかで、世界の底にいるみたいに二人きりだった。

「……嵐の海の中を、二人だけで難破船で漂っているみたいだ」

思わず口をついて出た言葉に、沖屋は息を吐くようにして、気のない顔で笑った。

「水梨はロマンティストだな。だけどそういうセリフは彼女に言えよ」

「彼女はいません」

「あ、そう」

興味なさそうにグラスを呷《あお》る。どうしても薄い唇と細い白い喉に目が行く自分を、隆之は焦《じ》れるような気持ちで持てあました。

ローテーブル越し、沖屋の上半身はほんのりと淡いオレンジ色に染まって浮かび上がっている。ゆらゆらと揺れて、まるで水に映る影みたいだ。なんて非現実的で綺麗な眺めだろうと隆之は思った。

照らしているのはSM用ろうそくだが。

「……沖屋さんは恋人を作らないそうですね」

そんな言葉が口からこぼれ出たのは、幻惑的なろうそくの光のせいか、それとも回り始めたアルコールのせいか。

「どうしてですか？」

「ああ？」

沖屋はさもうっとうしそうに片方の眉をクッとひそめた。

「また松木原あたりの噂話か？　ったく、しょうがねえな。面倒くさいからに決まってんだろ」

「だけどセックスする相手は作るんだ」

「……」

ひそめられていた眉が、すうっと上がった。

「俺の性生活がおまえに何か関係があるのか」

「セックスの相手が複数いるんですか？」

「……なんなんだ、おまえ」

怒り出すかと思いきや、はああと大げさにため息を吐いて、沖屋は背もたれに寄りかかって脚を組んだ。

「別に恋人じゃないんだから、何人いたってかまわねえだろ。俺とやりたいって男が複数いるんだから」

オトコ。

——この人は男の人とセックスをするんだ。

知っていたはずなのに、その認識はあらためて隆之の思考をかき乱した。リアルな想像の質感を持って。窓の外で荒れ狂う嵐のように。

どんなふうにするんだろう。男相手に、どんな顔をしてみせるんだろう。タチとかネコとかって単語くらいなら聞いたことはあるけど……

「まあでも、しばらくはお預けだな」

やけになっているふうに二杯めのグラスを空けて、沖屋は口の中でガリリと氷を噛《か》み砕いた。

「え？」

「全員パアになったからな。まったくどういうタイミングなんだか……」

後ろ半分は口の中に消えたひとりごとだった。

沖屋はソファに沈み込む。なんだか投げやりになっているように見えた。昼間あれほど不機嫌だったのが、今はもう何もかもがどうでもいいみたいだ。

「全員というと」

「四人」

「四人……」

右手の指を四本立てて、沖屋は指折り数え始めた。

「一人は見合いで婚約。一人は異動で海外転勤。一人は本命に想いが通じて晴れて恋人同士に。残る一人は――」

「昨晩、真っ裸でドアから蹴り出したっていう相手ですか」

沖屋は高く眉を持ち上げた。

「なんでそんなこと知ってるんだ」

「松木原さんのお友達が沖屋さんと同じマンションに住んでるそうですよ」

「ちっ、しょうがねえな。いっそここらで引越しでもするかな。身辺すっきりしたことだし」

「なんで蹴り出したりしたんですか？」

「……」

さすがに不躾すぎただろうか。背もたれに深く身を預けた沖屋は、腕を組んで冷めた目を眇《すが》めて、隆之をねめつけた。

「——勃《た》たねえんだとよ」

「は？」

「だから、役に立たないんだよ。男の大事なものがよ。何やってもダメ。これ以上の屈辱《くつじょく》もねえだろ」

「あ…はは」

思わず笑いが漏れた。沖屋は憮然《ぶぜん》とした顔で「笑い事じゃない」とそっぽを向いた。

「す…すいません。でもなんでまたそんな」

「さあね。ストレスじゃねえの。経産省で激務についてる奴だったからな。あいつはカムアウトしてないし、社会的に結婚のプレッシャーもあるだろうし」

「かわいそうに」

隆之は笑いを噛み殺す努力をしながら言った。酒のせいか、どうにもこみ上がってくる笑いが止まらない。

「俺だってかわいそうだ」

ソファの背に肘《ひじ》をついて、沖屋は隠しもしないでふてくされた顔をしている。そんな年上の人を、かわいいなと思った。思ってから、その自分の思考の危《あや》うさに気づいた。

でももう取り返しがつかない。

「……それで今、沖屋さんは一人なわけですね」

「別に俺はずっと一人だよ。だから恋人じゃないって何度も言ってるだろう」

「新しい相手を探すんですか」

「気が向いたらな」

「じゃあ」

隆之はそっと唇を舐めた。変に唇が渇く。

口が悪くて、仕事ができて、綺麗な顔して奔放《ほんぽう》で。

指先ひとつでいつか自分をばらばらに突き崩してしまうような、そんな予感がして――

体を巡る血のスピードが、少し上がった気がした。

この人の、違う顔が見てみたい。その時の顔が見たい。あの瞬間の声が聞きたい。どんな顔をしてどんな声を出してどんなふうに
(その唇で)

――たとえばそれが俺の腕の中なら。

「……じゃあ、俺じゃだめですか」

ろうそくの光の中で、沖屋がゆっくりと一回瞬きした。

隆之は笑った。どうして笑うのか、自分でもよくわからなかった。どこかハイになっているからかもしれないし、唇が震えそうになるのをごまかすためかもしれない。

「俺と寝てみませんか」


「……水梨、酔ってるだろう」

落ち着き払った声はどこか笑い含みで、その余裕が隆之を少し苛立《いらだ》たせた。

「酔ってません。さっき、やりたいって男がいるからって沖屋さん言ったでしょう」

「俺にだって好みはある。誘ってくる男全員と寝てたら身がもたねえな」

「俺はだめですか」

「……」

沖屋はテーブル越しについと手を伸ばしてきた。ぎくりと一瞬体が強張る。手は、犬の子を撫《な》でるような遠慮のない手つきで、隆之の前髪をざっくりとかき上げた。

「顔は、けっこう嫌いじゃないな」

言って離れていく手首を、つかんで引き寄せてしまいたくて焦れる。

「じゃあ」

「おまえ、俺とやりたいの？」

口の端をきゅっと吊り上げる笑い。沖屋のこの笑い方は、嫌いじゃなかった。意地が悪そうで、冷たくて、身震いしそうなほど——綺麗だ。

「はい」

「一回くらい、男としてみるのもいいかなって？」

否定はできない。好奇心と欲情と本気の割合なんて、本当はいつもわからない。

だけど、他の男としたいとはまるで思わなかった。他の女の子も今はいらない。今ここで皮肉な顔で笑っている、綺麗で棘《とげ》のある上司がいい。

「……おまえ、やっぱり酔ってるんだろう」

「だから、酔ってませんって——うわ」

もう一度沖屋の腕が伸びてきた。今度は乱暴に胸倉をつかむ。何を言う間もなく、まるでこれから殴りつけようとしているみたいに、ぐいと引き寄せられた。

膝がぶつかってローテーブルがガタガタと音を立てる。引かれるまま、隆之は腰を浮かせてテーブルに両手をついた。グラスが倒れて、残っていた氷とウイスキーがテーブルに広がった。

「バカだな」

息が触れる位置で、唇が微笑った。

「酔ってることにしとけって言ってるんだよ」

「——」

動いたのは隆之だが、唆《そそのか》したのは沖屋だった。

どんなにその薄い唇に触れたかったのか、実際にキスをして初めてわかった。感触にとまどったのは最初だけで、触れてしまえばそれはどんなキスよりも奥まで誘う。挑発してはかわす舌をつかまえたくて、蝶《ちょう》を追って森に迷い込む子供のように、身を乗り出して隆之はその唇を追った。

そうやって、のっぴきならないところまで誘い込まれた。

温かい舌の感触を存分に味わいながら、テーブルを乗り越える。足の下でガチャガチャと何かが倒れたが気にしなかった。ソファにたどり着くと両腕を回して、その細身の体を抱きしめた。

「沖屋さん……」

唇を離して名前を呼んだ。ため息混じりの声になった。腕の中の相手はやっぱり笑った。その余裕の笑いをもう一度唇で塞《ふさ》ごうとすると、拒むように隆之の肩をぐっと押す。そうしてくるりと体を入れ替えて、沖屋はとまどう隆之をソファの背に押しつけてしまった。膝をついて、隆之の膝にまたがる体勢になる。

「悪いことは言わないから、酔ってることにしとけよ。それで朝になったら、なんにも覚えてませんって言えばいい」

（……う、わ）

ろうそくは沖屋の斜め後ろにある。淡い光に半分照らされて笑う顔は、仕事中に見るどんな上司とも違っていた。初めて会う人みたいだ。その顔が笑ったまま、ゆっくりと近づいてきた。

かわいい女の子の受身の舌とはまったく違う、油断するとこっちが喰《く》われそうな奔放な舌。なのに、触れる先からとろけそうにしどけない。そのキスは、さっきまでのアルコールの数倍、隆之を酔わせた。

ジジ、とかすかにろうそくの芯《しん》が燃える音がする。

「あ、…お、沖屋さん」

舌をからませながら、沖屋は隆之のシャツのボタンを全部はずして肩から引き下げた。下に着ていたTシャツをまくり上げて、素肌を探ってくる。ぶるっと身体が震えた。

夏の終わりで、雨は降っていても寒くはないのに、ずいぶん手の冷たい人だと思った。その手で撫でられると鳥肌が立つようなのに、皮膚の内側では熱が生まれた。

「沖屋さん…ッ」

「何」

隆之の首筋に唇を這《は》わせながら、沖屋はうるさそうに返す。指先で乳首をつままれて弾みそうになる息をごまかして、隆之は言った。

「俺にも、さわらせて」

「好きにすれば」

沖屋はふだんあまりネクタイをしない。ワイシャツをはだけて指を伸ばすと、女の子のものとも自分のものともまるで違う、細くて薄くて硬そうなのに、びっくりするほどしなやかな身体が指先に触れた。

コク、と喉が鳴る。

もっとずっとたくさん、触れてみたい。

「なあ、おまえほんとにやる気なの?」

言いながら、沖屋がすっと手を下ろした。ジーンズ越しにいきなり股間《こかん》をきゅっとつかまれて、隆之は飛び上がって腰を浮かせた。

「い、…っ!」

「ああ、けっこうやる気じゃねえの」

喉の奥でくっくっと笑う。隆之は全身に変な汗をかいた。何もかも勝手が違っていて、どうにもペースがつかめない。

「え?　あ、ちょ、ちょっと待って」

ジーンズのファスナーをさっと下ろされた。急展開にとまどっているうちに、細くて長い指が隆之の性器にからんできた。

(うわ。嘘)

「……ッ、あ…」

やんわりと握り込まれる。ざわっと背筋を震えが駆け上った。声を漏らすと、沖屋はにっと笑い、舌先を覗かせて露悪的に唇を舐めた。

「水梨おまえ、なかなかかわいいな」

その顔が、すっと沈んだ。隆之は喉の奥で息を詰めた。

(――嘘)

自分の脚の間にしゃがみ込んだ上司を、隆之は信じられない思いで見つめた。沖屋はすでに硬くなっていた隆之のものを取り出して、ちょっと笑う。それから、ためらう様子もなく口に含んだ。

「あ、ま、待って……ふ、っ」

下手に喋ろうとすると喘《あえ》ぎ声になりそうだ。隆之は慌てて片手で口を押さえた。

熱く、ぬめった舌。内臓みたいな。その舌が、からみついて吸って舐め上げてくる。強烈な快楽に脳髄が甘く痺《しび》れた。正直そんな感覚には慣れていなくて、隆之は狼狽《ろうばい》して沖屋の髪をつかんだ。

「んっ、…沖…沖屋、さん」

「気持ちよくないか?」

上目遣いに見上げてくる目。くらりと来た。

「……死ぬほど、いいです」

「正直でよろしい」

笑う息にくすぐられて、それだけでも感じた。

「く……あっ」

自分でもまずいと思うくらい、快感は駿足《しゅんそく》だった。さすがに口の中ではと思い「離してください」とほとんど哀願しても、沖屋は意に介さない様子で舌での愛撫《あいぶ》をやめない。せっぱつまって頭をつかんでむりやり引き剥《は》がしたのはぎりぎりの瞬間で——結果的には絶妙に最悪なタイミングになった。

「……年下の男に顔にかけられたのは初めてだな」

ろうそくの明かりにとろりと光る濡れた頬を、沖屋は指一本で、ことさらゆっくりと拭った。

ちらりとまた舌を出して、唇を——それを濡らしたものを、舐める。

「す、すいませんっ」

隆之は慌てて自分のシャツの袖《そで》で沖屋の顔をこすった。乱暴すぎたのか、沖屋はうっとうしそうにその手を押しやる。

「すみません。顔洗ってきますか」

「後でな。——これで、指濡らせよ」

「え…」

床に膝をついていた沖屋は、再びソファに乗って隆之の膝にまたがった。隆之の手首をつかんで引き寄せると、その指に舌を這わせ始める。自分の指を舐める上司の——その冷ややかな伏し目といやらしい舌の動きがアンバランスで、目が離せなくなった。それから沖屋は、自分の顔を濡らしたものを隆之の指にねっとりとなすりつけた。

「……沖屋さん」

「慣らさないときついからな。それとも、やっぱりやめるか?」

挑発的な目をして、沖屋は隆之を見た。隆之は小さく息を呑んだ。

「……いえ」

沖屋は自分でベルトをゆるめた。スラックスをすとんと落とす。シャツの裾《すそ》から伸びるすんなりと細い腿に、頭に血が上ったようになって息が苦しくなった。手首を握られたまま導かれた場所に触れると、ぴくりと薄い肩が浮いた。

ためらいながら、隆之はそっと指先を埋めた。そこは口の中なんかよりずっと熱くて狭くて、その夜何度めかの惑乱が隆之の理性を薙《な》ぎ倒した。騒がしい窓の外の嵐も、ずいぶん前から耳に遠い。

「……痛い、ですか」

指を進めると、自分よりも少し高い位置にある顔がはっきりと歪んだ。

「そう思うんなら、優しくしろよ」

「すみません」

セックスの最中にこんなに謝ったのは初めてだ、と隆之は思った。

力加減がわからない。それでも誘い込まれるように奥まで埋めた指を、そろそろと動かした。濡らされたきつい粘膜が、ほんのかすかな水音を立てる。

（こんなところに）

今まで知った、どんな身体とも違う。沖屋は声をあげたりはしなかったが、表情や息の乱れで反応してきた。隆之は半ばうっとりとその顔を見上げた。

自分がこの人に触れている。その、中に。こんな顔をさせている。その実感は、隆之の中心に再び熱を集めた。

「――もういい」

隆之の首に腕を回して、沖屋は耳元で囁いた。

沖屋が膝を動かす。ソファのビニールレザーがキュッと鳴った。

「……あ」

声を出したのは自分の方で、間近の相手は奥歯を噛みしめるように口元を歪めただけだった。

ずるりと、熱の中に引きずり込まれる。

（うわ、やばい……これ）

「沖屋さん」

「黙って。……もう少し」

もどかしそうにじりじりと動く細い腰。身の内から湧《わ》き出た衝動に押されるように、隆之はその腰をつかんだ。

強引に引き下ろした瞬間、沖屋の喉から、細い、想像したこともないような甘い声が漏れた。それでもう、隆之は何もわからなくなった。

それが夏の終わり。それから秋を過ごして冬を迎える間に、隆之は数えきれないほど沖屋と寝た。

「俺、ちゃんと覚えてます。……今度は、外で会ってもらえませんか」

台風の日の翌日、バイトに出た隆之は廊下の隅《すみ》で沖屋をつかまえて、早口の小声でそう囁いた。

それまで顔を合わせてもまったくいつも通りで視線ひとつくれなかった沖屋は、初めて隆之の顔をまともに見た。そうして、「おまえ、本当にバカだな」と笑った。

会うのはほとんどが沖屋の部屋だった。沖屋は秋に一度引越しをしている。あの時に言っていたような気分転換じゃなく、沖屋いわく〝経産省の不能男〟が、ストーカーのようにつきまとってきたかららしい。

合鍵《あいかぎ》をくれませんか、と言った隆之に、沖屋はしばらく考える顔をしていた。だけど意外にあっさりくれた理由は、たぶん四人のセフレといっぺんに切れたせいで、今現在他に男がいないからだろう。

自分はただのつなぎだ。気まぐれに受け入れられた遊び相手だ。事に至った時の軽さから、隆之はそれを自覚していた。

だけど、今は俺だけだ。他に男ができたら、きっと合鍵を返せと言うだろう。だからこの鍵が手元にある間は、沖屋さんは俺だけのものだ――

「だめだー。N電気、連絡来ねえ！　くそ、最終落ちかあ」

目の前にばたりと倒れ込んだ男の声で、隆之はふっと我に返った。

大学のカフェテリアだった。後期試験が終わり、春休みを迎えた構内は閑散としているが、就職活動真っ盛りの学生に休みはない。カフェテリアでは板につかないスーツ姿の三年生がそこここでたまっていた。

隆之自身は普段着で、就職課に報告に来たところをゼミの友人につかまって引っぱり込まれた。長引く不況という言葉も手垢《てあか》のついた不況の中、情報交換と称してみんな愚痴《ぐち》をこぼしあっている。

「水梨はいいよなあ。脩学館《しゅうがくかん》、三次に残ったって？」

テーブルに倒れ伏した友人が、目だけを上げてうらやましそうに言った。

「ああ、うんまあ」

「まあ、じゃねえよ。三大出版のひとつじゃねえかよ。倍率千じゃきかねえだろ」

「でも三次に通るかどうかもわからないし、まだ最終面接もあるし」

隆之は超難関と言われる出版社に絞って就職活動をしていたが、全部に落ちても、それはそれでいいかと本気で思い始めていた。沖屋の意向はよくわからないが、副編集長の島田からは、その気があるなら正社員として採用するよう推薦してあげるよと言われている。

三大大手と言われる脩学館と、吹けば飛ぶような弱小の青耀社では会社の規模は比べ物にならない。が、青耀社の、よく言えば自由闊達《かったつ》、悪く言えばなんでもありの社風は好きだった。大手志向も隆之にはあまりない。それに、青耀社には沖屋がいる——

隆之はなんとなく手の中でキーケースをもてあそんでいた。沖屋の部屋の合鍵もある。今日はバイトがなくて会えないから、夜になったら行ってみようとぼんやり思って、それからそんなことばかり考えている自分に内心で苦笑した。相当、はまっている。

「水梨くんは今、出版社でバイトしてるのよね」

テーブルの斜め向かいから、やわらかな声がした。同じゼミの高橋保奈美《たかはしほなみ》だった。

「私もマスコミ志望なんだけど、ほんと厳しいわ。やっぱりバイト経験があると強いかな?」

肩につかない程度に切り揃《そろ》えられた髪を揺らして、保奈美は軽く首を傾げた。

彼女もリクルートスーツは着ていなかった。細身のシャツとパンツがスタイルの良さを際立たせている。保奈美は学科の中でもよく目立つ、知的な雰囲気の美人だった。

「どうかな。面接で、どんな仕事してるのか訊かれたりはするけど。でも俺の行ってるところはいわゆるエロだし、ちゃんとそう言ってるから」

「そういう柔軟性のあるところが、マスコミでは受け入れられるのかもね」

うらやむ様子も、エロという言葉に引く様子も見せず、保奈美はにこりと笑った。

その場の流れで、連れ立って飲みに行くことになった。あまり気は乗らなかったが、つきあいと就活の情報収集のために隆之も顔を出すことにした。沖屋はどうせいつも帰りが遅い。あまり早くマンションに行っても、待ちぼうけをくわされることになる。

大人数で移動した居酒屋では、もっぱら隣に座った保奈美と話した。出版社を狙《ねら》っている彼女が隆之の話を聞きたがったからだ。

「水梨くんがバイトに行ってる編集部、楽しそうね。二十代の編集長っていうのも活気があってよさそう。ねえ、一度会社見学させてもらえないかな？　私、小説の編集志望なの」

「いや、でもエロ小説誌だから、女の子にはちょっと……」

「私、そういうのぜんぜん気にしないわよ」

保奈美はかなり乗り気のようだった。無下に断ることもできず、会社の人に訊いてみるよと隆之はその場をやり過ごした。

「高橋さんってさ、絶対おまえに気があるよな」

保奈美が席をはずした隙に、赤い顔をした友人が寄ってきて小声で囁いた。

「そんなことないだろ。就活の話が聞きたいだけだよ」

「いーや。あれは違うね。オンナの目になってるもん。いいじゃねえか。あんな美人、逃す手はねえぞ」

（でも沖屋さんの方が綺麗だ）

自分は酔っ払ったようなことばかり考えている。でも酔っているとしても、それはアルコールにじゃない。

二次会の誘いを断って、隆之は早々に飲み会を引き上げた。マンションに行くとやっぱり沖屋はまだ帰宅していない。合鍵を使って中に入り、食事の用意をしながら帰りを待った。

「おかえりなさい。メシできてますよ」

一時間ほどして帰ってきた沖屋を玄関先で迎えると、沖屋は呆《あき》れ半分からかい半分の顔で鼻を鳴らした。

「おまえ、新妻みたいだな」

隆之だって、一人暮らしはしていても、これまであまりまめに料理をする方じゃなかった。だけど沖屋は放っておくとろくな食事をしない。仕事中はあまりものを食べないし、遅くなるとしょっちゅう酒でごまかしてしまう。基本的に食事が面倒なタイプらしい。

マンションに入り浸《びた》るようになって、その不健康な食生活に業《ごう》を煮やした隆之は、勝手に自分から食事を作るようになった。最初の頃は慣れなくてよく失敗していたが、意外に沖屋は出されたものにはあまり文句は言わない。褒《ほ》めもしないが。食べてもらえると嬉《うれ》しくて、わずかな反応や何気ない言葉から、沖屋の好きなものを探した。料理本を買い、なるべく喜んでもらえるようがんばっているうちに、いつのまにか隆之はそこそこの料理をこなせるようになっていた。

「ええ。いつでもお嫁に行けますよ。沖屋さん、もらってくれませんか」

「アホ――」

靴を脱いで廊下に上がってきた肩を抱き込んで、そのまま口づけた。

こうやって何人の男とキスしたんだろうと、唇を重ねあわせるたびに思う。自分より経験豊富な男たちに負けたくなくて、隆之はいつもできるだけリードを取ろうとした。でもそのうちに、挑発されて煽られて、自制が溶けてなしくずしになる――

「……香水の匂《にお》いがする」

「えっ？」

息だけからませてうっとりと余韻《よいん》を楽しんでいた隆之は、その冷静な声にバッと身を引いた。

慌てて自分のシャツの胸元を引っぱって鼻を寄せる。たしかに、ふわりと甘い、どこかエキゾチックな香りがした。覚えがある。今日の高橋保奈美から、ずっとこんな香りがしていた。

「今日、ゼミの飲み会があったから……あの、同じゼミの子とずっと話してたんですが、志望職種が同じなんで就活の話をしてただけで、別に何も」

「……慌てて言い訳すんなよ」

口の中だけで舌打ちして、沖屋はふいと顔を背けた。そのまますたすたとダイニングに向かう。

「メシにしようぜ」

「はい。……あの、沖屋さん、俺、ほんとに彼女とかいませんから」

追いかけながら、後ろ姿に声をかける。沖屋は振り返らなかった。

「あそう。まあ俺には関係ないから」

「……」

取りつく島もないのはいつものことだけど。

でも、平気でにこにこされるよりよっぽどましだ。隆之は嬉しくなった。

沖屋はたいてい冷ややかな顔をしているか、皮肉な微笑を浮かべているか、誰かに毒舌を吐いているかのどれかだが、たまにちらりと生身の感情を覗かせることがある。本当に、ほんの少しだけ。それも決して素直じゃなく、相当ひねりがきいているのだが。

(だからこそかわいい、なんて)

かなり自分は深みにはまっているなと思う。でも、愛想笑いばかり向けられるよりずっといい。

(もしかして、嫉妬《しっと》してくれてるのかな)

ダイニングキッチンに入った隆之は、上機嫌で今夜のメニューを披露した。

「今日はビーフストロガノフです。ターメリックと白ワインを入れて、ターメリックライスも炊《た》いてみました。それからサラダと。セロリとりんごのサラダ、好きでしたよね?」

「……」

反対に沖屋のご機嫌の目盛りは低いままで、眉を上げただけで答えなかった。

隆之が鍋《なべ》を温《あたた》め直して用意した食事をテーブルに並べている間、沖屋はダイニングテーブルに頬杖《ほおづえ》をついて、黙って隆之の動きを目で追っていた。皿を並べ終えて隆之が腰を下ろしても、一向に食事を始めようとしない。少しして、頬杖をしたままぼそりと呟いた。

「その匂い、食べ物の匂いと混ざると頭が痛くなるな」

「――すみません」

隆之は音を立てて椅子ごと自分をテーブルから遠ざけた。

「……」

沖屋は黙ったままだ。隆之は内心で青くなった。これは相当に気を悪くさせたらしい。嬉しいと言えばそうだけど、さすがにまずい気がした。

今夜は帰った方がいいのかもしれない。悩んでいると、沖屋は唐突に、投げ捨てるように言った。

「――脱げよ」

「は？」

隆之は目を瞬《しばたた》かせた。沖屋はかすかに苛立ちを覗かせた表情で、だけど口調は静かに繰り返す。

「着ている服を脱げって言ってんだよ。メシはそれからだ」

「……」

自分はたぶん困惑した顔をしているに違いない。沖屋は表情を変えず、じっと見つめてくる。隆之はぎこちなく立ち上がった。

無言で見つめられながら服を脱ぐのは、なんだか妙な気分だった。上に着ていたパーカーを椅子の背にかけ、シャツのボタンを上からはずす。暦の上では春とはいえまだ肌寒かったが、空気よりも視線に肌が粟立《あわだ》つ気がした。

「これでいいですか」

「ジーンズもだ」

「……」

ジーンズには匂いはそれほどついていないんじゃないかと思ったけど、黙って従った。間抜けなので、ついでに靴下も脱ぐ。

「じゃあ、それ洗ってこいよ。乾燥機にかければ、明日の朝には着て帰れるだろ」

「……はい」

全自動洗濯機のスイッチを入れてダイニングに戻ってくると、沖屋は上着を脱いで冷えた缶ビールを開けていた。隆之はパンツ一枚の姿でテーブルについた。

「食えば？」

「はあ」

隆之が食事を始めると、それを見ながら、沖屋もスプーンを手にした。ビーフストロガノフをひと口食べて、「水梨は料理がうまくなったな」などと背筋が寒くなることを口にする。よくわからないが、とりあえず機嫌は直ったらしい。

しかし、居心地が悪い。家での一人の食事ならかまわないが、相手が服を着ているのに自分一人裸に近い格好でテーブルについているのは、どうにも身の置き所がなかった。沖屋は食事を口に運びながら、なぜか隆之から視線をはずさない。口元や、喉や、腹から。見られていると思うと変に緊張して、自然と隆之も無口になった。

（なんでそんなに見るんだよ…）

カトラリーが食器に触れる音。グラスをテーブルに置く音。シャクシャクとりんごを噛む音。飲み込む音。

静かな部屋の中で、それらの小さな音がことさら無言を強調する。張りつく視線はやまなくて、口にものを入れる瞬間も、嚥下《えんか》する時の喉の動きも、胃に落ち着くまでも、全部つぶさに見られている気がした。

耳から首にかけてが、じんわりと熱くなった。

「なんか……すごく、恥ずかしいんですけど」

「そうか?」

にやにやと笑った顔は、明らかに隆之の反応をおもしろがっていた。

「かんべんしてくださいよ……」

スプーンを皿に放り出して、隆之は片手で顔を覆った。向かいから、くっくっと喉の奥で息を転がすような笑い声がする。

沖屋は立ち上がって、テーブルを回り込んで隆之のところまで来た。椅子を動かして向きあうと、隆之の足の間に膝をついて、肩に両腕をかけてきた。

毛先が少しぱさついた茶色い髪が、隆之のこめかみを優しくくすぐる。

「おまえさあ、なんだってそんなに素直に脱ぐわけ？」

そう言う顔は、意地悪く笑っていた。

「だって沖屋さんが脱げって言うから。嫌な思いはさせたくないんです」

「……水梨は本当にバカだな」

隆之はこれまでの人生、一貫して成績は悪くなかったし、いつか沖屋が言ったように〝要領よく〟生きてきた方だ。だからこんなに何度も隆之に「バカ」と言うのは、沖屋だけだ。

クスリと笑った顔が近づいてくる。触れる寸前に、薄い唇が囁いた。

「首輪つけたくなるな……」


最初は好奇心だったはずなのに。

後ろから覆い被《かぶ》さって背筋を舐め上げると、しなやかな背中がぴくりと反る。見えない場所だからいいだろうと、なめらかな肌にいくつも痕《あと》を残していく。前に一度、鎖骨の上の薄い皮膚を丹念に吸っていたら、シャツのボタンをはずしたら見えるだろうと怒られたことがあった。だから印は見えない場所に、服を脱がなければ絶対にわからないところにつける。


「犬のマーキングかよ」

一緒にシャワーを浴びている時、自分の身体に点々とつけられた痕を見下ろして、呆れたように沖屋がそう言ったことがある。キスマークは行為のたびに、きわどい箇所に増えていった。

自分でもわかっている。ほとんど自己満足に近い、子供みたいな独占欲だ。この痕が消えない間は、きっと他の男とは寝ないだろう。だから一度つけた印が消えそうになると、すぐにまた新しい印をつけた。

それとも沖屋がセフレにするような男なら、他の男のキスマークも気にしないんだろうか。もしも自分が抱く時に、沖屋の身体にそんな痕が残っていたら——想像するだけで、胸が昏《くら》く煮えたぎった。

「沖屋さん……このまま挿《い》れて、いいですか」

背中にキスを降らせながら前に回した手で身体中をまさぐっている間に、自分の方がせっぱつまってきて囁いた。沖屋はちらりと肩越しに振り返って、隆之を睨《にら》みつける。だけど結局、目を伏せるようにして頷《うなず》いた。身体にすることなら、たいていのことは許してもらえる。身体にすることなら。

「んっ、…あ」

肘で上体を支えさせて、腰を抱いて分け入っていく。狭く熱い器官が、拒むふりをしてからみついてくる。汗で艶《つや》めく背中が波打って、抑えた声がシーツに吸い込まれていった。

「あぁ……」

……首輪なんかなくたって、この人だけのものだ。

きっかけはたぶん好奇心だった。なのに、こんなにとらわれて、深みにはまっている。好奇心と欲情と本気と。どれが本当でどれが言い訳だったのか、隆之にはもうわからなかった。身体を重ねて回数を重ねるごとに、好奇心は満たされたはずなのに、呆れるくらい次から次へと欲望が湧き上がってくる。

「あ、あ、あ…ッ」

自分だけのものにしたい。

どうしたら、身体だけじゃなく心をひらいてくれるんだろう。欲しいものがわかれば満たしてあげられるのに。わからないから、ただバカみたいに言うことを聞くしかできない。

単なる年下の、従順なペット。

今はまだ――

「く…ッ、」

弾《はじ》ける寸前に引き抜いて、なんとかティッシュの中に放出した。大きく息を吐いて、沖屋の身体の上に崩れ落ちる。伏せた顔のこめかみや耳の後ろに、治まらない熱のままに口づけた。

「ん……」

沖屋はうっとうしそうに隆之を払おうとする。肩をつかんで仰向かせると、醒《さ》めたような疲れた顔で、隆之の舌を受け入れた。

唇を離すと、沖屋は目を閉じる。隆之は一度寝室を出て、冷蔵庫から缶ビールを取って戻った。自分で半分ほど飲んで、横たわったままの沖屋の頬にあてる。飲みますかと訊くと頷くので、うなじを支えて開いた唇の間に流し込んだ。

こくこくと喉が鳴る。唇の端から流れた泡を、隆之は自分の舌で舐め取った。

「……もう一回、いいですか」

沖屋が飲み終わったので、ビール缶をサイドキャビネットに置いた。覆い被さって、投げ出されていた脚を抱え上げる。

「おまえなあ……回復早すぎるんだよ」

だからガキは…、と沖屋は苦々《にがにが》しく顔をしかめた。

「だって、顔が見えなかったから」

もう一度、今度は顔を見てしたいとねだると、沖屋はしかたなさそうに首に腕を回してきた。そんな投げやりな素振りをするくせに、身体はこちらが欲しがれば欲しがるだけ、やわらかく甘いゼリーみたいに抵抗なくひらいていく。

――たとえペットでも。

それでも今は、俺だけのものだ。こうやって抱きあっている間だけは、この人は俺の恋人だ。

「沖屋さん……」

名前を呼びながら胸の真ん中に顔を伏せて、またひとつ、痕を増やした。消えなければいいのにと願いながら。


中堅どころの雑誌社で適性と筆記試験を受け、他の受験者たちと固まりになってビルを出た。メールをチェックしようと携帯電話を取り出しながら、エントランスから離れる。少し行ったところで、隆之は植え込みの陰にうずくまっているベージュのスーツを見つけた。

「高橋さん？」

声をかけると、植え込みのブロックに腰かけていた高橋保奈美は、はっと顔を上げた。隆之を認めて、どこかばつの悪そうな笑顔を浮かべる。

「水梨くんもここ受けてたんだ」

「どうしたんだ？　具合でも悪い？」

保奈美はわずかに青ざめているように見えた。そのわりに、ひたいに汗が浮いている。

「病気じゃないんだけど……ちょっと」

顔をしかめて、保奈美は左足を少し浮かせてみせた。爪先《つまさき》に黒いパンプスがひっかかっている。それはヒールが付け根からぱっきりと折れていた。

だけど問題はヒールよりも、保奈美の足だった。膝頭はストッキングが破れて血が滲《にじ》んでいて、足首が赤く腫《は》れ上がっている。

「ここに来る前に面接がひとつあったの。時間がぎりぎりだったから急いで走ってきたら、ヒールが折れて転んじゃって……」

「足、ひねった？」

「みたい」

隆之は保奈美の足元に屈み込んだ。ほっそりした右の足首に比べて、左足首は中に綿でも詰まっているみたいにぱんぱんに腫れている。ずいぶん熱を持っていそうだった。

「病院に行った方がいいな」

「水梨くん、ごめん、タクシー呼んできてくれないかな？　もし急いでなかったら」

「病院まで送るよ」

表通りまでタクシーを探しに行き、捕まえた車を近くに誘導した。保奈美のところに戻って、手を差し出す。

「バッグ貸して。俺の肩につかまって……大丈夫？　立てる？」

「うん。ありがとう」

隆之に支えられて立ち上がってから、保奈美は気遣わしげに言った。

「水梨くん、次の予定があるんじゃない？　私のことは気にしなくていいよ」

「いや。俺、今日はこれで終わりだから」

「本当？」

「うん。もともともうあんまり受けてないんだ。今バイトしてるところにそのまま就職しちゃってもいいかななんて思ってて」

「そうなの？」

保奈美は隆之の顔を覗き込んで、それからほっとしたように息を吐いた。

「ほんとのところ、助かったわ。試験だけはなんとか受けたんだけど、途中からすごく痛み出しちゃって。もう一歩も歩けそうになかったの」

タクシーの運転手に言って、一番近い病院に行ってもらった。長椅子に保奈美と並んで座って、診察の順番を待つ。大きな病院だったのでずいぶん待たされたが、さすがに怪我《けが》をした女の子を病院に放り込んでハイさよならというわけにもいかなかった。

保奈美は捻挫《ねんざ》と診断されて診察室から出てきた。湿布の上に厚く包帯を巻かれた自分の足を、いまいましそうに見下ろす。

「しくじったなあ。明日からは松葉杖とタクシーで就職活動だわ」

「将来がかかってるんだから無理するなとは言えないけど……でも、あんまり無理しない方がいいよ」

活発な子なので、つい心配になって言った。保奈美はじっと隆之の顔を見つめて、小さく笑った。困ったような笑い方だった。

「ねえ、水梨くんはこのあとどうするの？」

「家まで送るよ」

「もしよかったら、うちで夕食を食べていかない？　ずいぶんお世話になっちゃったから、両親もきっとお礼を言いたいだろうし」

「気にしなくていいよ。たいしたことしてないし」

「そんなこと言わないで。お願い」

　両手を合わせて拝むように頭を下げられた。しばらくいろいろと婉曲《えんきょく》な断りの文句を並べてみたが、よほど申し訳ないと思っているのか、やわらかい口調ながら保奈美は一歩も引かない。しかたなく、「じゃあ、送りついでにお茶だけ」ということになった。

　行ってみると、保奈美の家はずいぶん大きくて立派な家だった。気後《きおく》れしながら上がり、華奢《きゃしゃ》なカップにいれられた紅茶を前に、ゴブラン織りのクッションの置かれたソファに居心地悪く座る。

　しばらくすると、宝飾デザイナーをしているという母親が帰宅してきた。華やかな身なりの美人で、大学生の娘がいるようには見えない。保奈美が事情を説明すると、気恥ずかしくて逃げ出したくなるような感謝と歓迎の言葉を捧げられた。

「ちょっと待っててくださいね。すぐにお夕飯の用意をしますから。保奈美、手伝ってちょうだい」

「はい」

「あの、本当にこれで失礼しますから」

「あら。娘の恩人をお茶だけで帰したら主人に怒られるわ。どうか遠慮しないでちょうだい。お一人暮らしなんでしょう?」

結局、ここに来る時と似たようなやりとりの末、娘よりさらに押しの強い母親に押しきられた。バッグの中のキーケースにつけてある合鍵のことを考えて、隆之はこっそりため息をこぼした。今夜は沖屋の部屋へ行こうと思っていたのだけど。

(忙しそうだからしばらく行ってなかったからな……。でももう校了明けてるはずだし。沖屋さん、ちゃんとメシ食ってるかな)

保奈美の父親が帰ってきたのは、食後のコーヒーを半分ほど飲んで、今度こそ辞去しようと腰を浮かせたところだった。

趣味はテニスかヨットという風情《ふぜい》の、よく日に焼けた闊達な紳士だった。立ち上がって挨拶《あいさつ》をした隆之に、親しげな笑みを向けてきた。

「なんだ、保奈美がせっかくかっこいい男の子を連れてきたと思ったら、彼氏じゃないのか。残念だな。娘が世話になりましたね」

「いえ。本当に何もしてませんから……」

父親には酒を勧められた。さすがにそれは断ったが、ようやく解放された時には夜もすっかり更《ふ》けきっていた。就職活動中だから保奈美が香水をつけていなかったので、服に匂いがつかなかったのがさいわいだ。

そのまま自分のアパートに帰ろうとも思ったが、どうしても今夜中に沖屋に会いたくなった。歓迎されすぎて消耗したせいで、いつ行っても皮肉に笑うだけで、かけらも歓迎する素振りを見せない人に会いたくなったのかもしれない。

リクルートスーツのままマンションに行くと、沖屋の部屋の窓には明かりが灯っていた。けれどいるはずなのに、インターフォンを鳴らしても応答がない。きっとシャワーでも浴びているんだろうと合鍵を使って中に入ると、案に反して沖屋はリビングにいた。

「沖屋さん」

「――長野《ながの》？」

後ろ姿に声をかけると、硬い声がぶつかるように返ってきた。

隆之に答えた声じゃなかった。沖屋は携帯電話を耳にあてている。隆之に気づいて振り返って、露骨に眉をしかめた。

間の悪いところに来やがって。その顔には、はっきりそう書かれていた。

「人違いじゃないのか」

話し続けながら、沖屋は再び隆之に背を向けた。ドアのところに立っていた隆之は、それ以上リビングに足を踏み入れることができなくなった。背中に立ち入り禁止のラインが引かれている。

「……もう俺には関係ないから」

ややあって聞こえてきた声は、ひどく乾いてひび割れていた。

「いいって言ってんだろ。……ああ、悪い。本当にもう気にしてないから。……そうだな。……ああ、じゃあ」

携帯電話を畳《たた》む音がした後、リビングは静まり返った。

隆之はリビングのドアから少し離れて、廊下の壁にもたれて立っていた。壁の向こうに沖屋の存在を感じる。沖屋と自分の間に、壁と沈黙が横たわっている。

（――こんなふうに）

思い知らされる。

複数の相手と奔放に関係を持つくせに、沖屋の中には常に不可侵の場所があった。青耀社以前のことは何も話さないし、隆之をどう思っているのか、本音を聞かせてくれたこともない。ここまではOK、ここから先はだめというラインがはっきり決められていて、あたりまえのように隆之はその中に入れなかった。

（あんなふうに身体を開くくせに）

自分は沖屋のことを何も知らない。

せがんで合鍵をもらって、うっとうしいと思われないぎりぎりの頻度《ひんど》でこの部屋に通うのは、会いたいのと同時にそうしないと不安だからだ。自分の知らないところでこの人が何をしているのか、想像できない。したくもない。

それでも合鍵が手元にあるうちは、自分だけのものだと思っていたかったけれど――

（そんなのただの気休めだ）

隆之は拳《こぶし》をきつく握りしめた。この部屋以外の場所で沖屋が誰かと会っていても、自分にはわからない。問いただす資格もない。

「……すみません。邪魔しましたか」

沖屋が廊下に出てきたのは、通話を終えてずいぶん長い時間がたってからだった。

「……」

横目で冷ややかに隆之を見る。だけどその顔は、怒っているというよりなんだか疲れているように見えた。

「……就職活動か」

呟くような声に、隆之は自分のリクルートスーツを見下ろした。

「ええまあ」

「そういや聞いてなかったな。首尾はどうだ？　どこを受けてるんだ」

沖屋が隆之の就職活動の内容にまで興味を示したのは、初めてだった。隆之は内心でとまどった。いつもどうでもいいような顔をしているくせに。

それでも会話のための質問にも思えなかったので、現在面接を進めている企業の名前を正直に口にした。沖屋は何を考えているのかわからない無表情で、黙って聞いている。

「あとは、脩学館の最終面接が」

最後にそう言うと、沖屋の眉がすうっと上がった。

「大手じゃねえか。よく最終まで残ったな」

「ええまあ…。でもまぐれかもしれないし、最後で落ちる可能性もあるし」

「どのみちおまえがバイトに来るのも、あと一年か。そうしたら新しいバイト探さないとな」

そのそっけない声は、鞭のように隆之の心を打った。

新しいバイト。

――新しい男。

「あの、でも」

声が少しうわずった。

「俺、ほんとに青耀社にそのまま雇ってもらってもいいかなって思ってて。島田さんもそう言ってくれてるし」

「ふざけんなよ」

何が気に障ったのか、沖屋はいきなり声の調子を変えた。眉をきつくひそめて、隆之を睨みつける。

「脩学館と青耀社じゃ比べものにならないだろ。ＳＳＫだぞ。うちみたいな弱小で読み捨てのエロ雑誌作ってるより、よっぽどいい本が作れる。行かない手はないだろう」

「だけど」

言いつのろうとすると、沖屋はこれ以上話す気はないというふうに、ぞんざいに片手を振った。くるりと背を向ける。

「俺はもう寝る」

「あ…」

拒絶をまとわせた細い体。追いかけていいものかどうか迷った。

だけどこのまま帰るのは、どうしても嫌だった。隆之は閉められた寝室のドアの前に立った。かなりためらった末、そっとノックする。

「入ってもいいですか」

返答はない。「すみません。入ります」と声をかけてから、ドアを開けた。

寝室の中は明かりがつけられていなかった。出ていけと言われないのをいいことに、慎重にベッドに近づく。カーテンが半分開いていたので、目が慣れてくると外の夜景の光で室内の様子が見てとれた。ベッドが人の形に盛り上がっている。

沖屋はこちらに背中を向けて横になっていた。すっぽりかぶったブランケットがその頭を半ば覆っている。

「あの……怒らせたんなら、すみません。でも軽い気持ちじゃないんです。俺は本当に青耀社の雰囲気や沖屋さんの編集部が好きで」

「――脩学館の試験は受けろ」

ブランケットの向こうから、くぐもった声が返ってきた。

「わかりました」

そっとため息をこぼす。それからさらにベッドに近づいた。

「とりあえず、今夜はここにいてもいいですか」

「……」

「沖屋さん？」

「……今日は、そういう気分じゃないんだ」

これは出ていけということだろうか。決めかねてぐずぐずと迷っていると、沖屋がぼそりと付け足した。

「でもいたいなら、好きにすればいいだろ」

「沖屋さん……」

放って投げるような言い方なのに逆に人恋しそうに響いたのは、単に自分の願望のせいかもしれなかった。

……何が欲しいんだろう。

どうして欲しいんだろう。

知りたいのに、教えてもらえない。

隆之はコートを脱いで傍らの椅子の背にかけた。慣れないネクタイもゆるめて、ワイシャツの首元のボタンをはずす。ふっと息を吐いた。

ベッドに腰かけても、ブランケットにくるまった体は壁を向いたまま動かなかった。茶色い髪だけが覗いている。その髪に触れたくて、でも手を伸ばせなくて黙って見守っていると、また声がした。

「セックスしないなら用はないだろうから、別に帰ってもいいんだぜ」

「そんな」

笑うか怒るかして否定しようとして、ふいに泣きたくなった。

「……そんなこと言わないでください」

「……」

「髪にさわってもいいですか」

返事がないのを自分勝手に解釈して、こちらを向かない頭にそっと触れた。

毛先がぱさついた髪。傷《いた》みやすいのは細いせいだろう。これまでに交わした数えきれない行為で、自分の髪の次に指に馴染《なじ》んだ感触。

「毛先が少し傷んでますね。切った方がいいかも。でも根元の方は艶々してる。しばらくカラーリングやめてみませんか？　今の明るい色もとてもいいけど、きっと黒髪も似合いますよ」

「……」

沖屋が小さく何かを呟いた。ブランケットにこもってよく聞き取れなかったけど、「おまえは美容師か」と言ったらしかった。隆之は目を細めて微笑った。

髪をゆるゆると撫でる。ニアミスのふりをして、わずかに覗いたこめかみや頬を。抱きしめてしまいたい衝動に唇を噛んだ。

今夜のこの人はどうしてしまったんだろう。

さっきの電話の硬い声。疲れた様子。突然の不機嫌に、寒い夜にそっぽを向きながら寄り添ってくる猫のような、わかりにくい寂しさ。

だけど自分には訊く権利がない。

――さっきの電話は誰で、なんの話をしていたんですか。

大学を卒業してバイトをやめたら、俺とはもう会ってくれませんか。

どうして恋人を作らないんですか。

俺が恋人に昇格する可能性はゼロですか。

訊きたいことはたくさんあるのに、ひとつとして口にできない。

だけどそれは、隆之が年下のバイト学生だからじゃなかった。ただのセフレで、あんなふうに軽く、遊びみたいな顔をして自分から誘ったからだ。

……やめておけばよかった。

初めて、そう思った。苦い後悔に胸が痛む。

あんなにたくさん寝たのに、いろんな顔を見たのに、何度身体を重ねても、心の中なんてちっとも見えてこない。まるで近づけない。だったら、最初から別の方法があったかもしれないのに。

髪を撫でているうちに、沖屋は静かな寝息を立て始めた。そばで無防備に眠ってくれるというそのことだけが、隆之をほんの少し慰《なぐさ》める。

ただ温めるだけの毛布のかわりでもいいと思った。

せめてそれしかできないなら、今は。


「会社見学？」

沖屋は胡乱《うろん》げな顔で問い返した。まだすっきりと目が覚めてないのか、瞼が少し重そうだ。

「ええ……すみません、断りきれなくて」

沖屋の前にコーヒーをいれたカップを置いて、ダイニングテーブルの向かいに座る。コーヒーをひと口飲んで、沖屋はふっと別のことを考えるように視線を流した。

「……水梨は、俺にいれるコーヒーはいつもぬるめにするよな」

「えっ、猫舌なんだと思ってたんですが、違いましたか？」

「いや、いい」

こめかみを手で支えてうつむくしぐさに、気分を害したのかと焦《あせ》る。「今度から熱いのいれましょうか」と訊くと、沖屋はむっつりした顔でうつむいたまま、「本当に猫舌だからいい」と呟いた。

（……かわいい）

思わず頬がゆるみそうになる。頬の内側の肉を噛んで、それをこらえた。

「それで、うちの編集部が見たいって?」

スクランブルエッグをフォークでかき回しながら言う口調は、照れ隠しのようにつっけんどんだ。

「はい。同じゼミの子で、マスコミ志望なんですが……女の子なんですよね」

「女の子がうちの編集部なんか見学してどうするんだ。男ばかりだし、そこらへんにエッチな写真や絵が転がってるぞ」

「そうですよね。俺もそう言って最初は断ったんですが。でもすごく熱心な子で、どうしても、と」

会社見学の件は、昨日高橋保奈美に再度頼み込まれていた。女の子の話を持ち出したら妬《や》いてくれるかな、とほのかな期待をしたけれど、沖屋はつまらなそうな顔で聞いている。

「沖屋さんがだめって言うなら、そう伝えてちゃんと断ります」

「……別に、いいんじゃねえの」

ややあって、沖屋は面倒くさそうに答えた。

「仕事の邪魔しなけりゃな。あと、俺は相手しないから」

本当にどうでもよさそうだ。隆之はひそかにため息をついた。

「じゃあ、よろしくお願いします」

数日後、松葉杖をついた保奈美を『檻の中』編集部に連れていくと、沖屋はちょうど外出中だった。保奈美は礼儀正しいながらも積極的な様子で、編集部を見て回っている。松木原が嬉々《きき》として話しかけて、保奈美にあれこれ説明していた。

「女の子には刺激が強いんじゃないかな？　でもこういう雑誌も、けっこう真剣に作ってるんだよー」

「はい。わかります」

沖屋が戻ってきたのは、応接コーナーに腰を落ち着けた松木原と保奈美に、隆之が紅茶をいれて運んだ時だった。忙しそうに早足で自分のデスクに向かう途中、ふと保奈美に目を止めて、沖屋はぴたりと立ち止まった。

「あ、沖屋さん。おかえりなさい。えーと、前に話した同じ大学の高橋さんです」

隆之が紹介すると、保奈美はソファから立ち上がって両手をきちんと揃えて、丁寧《ていねい》にお辞儀をした。

「高橋と申します。お仕事中にお邪魔してしまって、申し訳ありません」

「ああ…」

保奈美をじっと見ていた沖屋は、曖昧に顎を動かした。

「うちみたいな散らかった編集部でよければ、どうぞごゆっくり」

「あの、沖屋さん」

「今日はバイトはいいから、彼女が見学を終えたらおまえも一緒に帰っていいぞ、水梨。彼女、足を怪我してるみたいだしな。送っていけよ」

忙しかったら何か手伝いましょうかと言おうとしたら、先手を打たれた。せめてコーヒーをいれようとすると、それもいらないと断られた。

「おまえは彼女の相手してろよ」

「……」

応接コーナーでは、松木原と保奈美がやけになごやかに盛り上がっている。最初のうちは仕事の話をしていたのに、いつの間にか隆之の話になっていた。保奈美は『檻の中』編集部での隆之の仕事ぶりを、興味深そうに聞いている。

「水梨くんは重宝《ちょうほう》してるよー。仕事はしっかりやってくれるし、愛想いいし、お茶もいれてくれるしね。彼みたいなタイプ、大学ではもてるんじゃないの？」

保奈美はにこにこと笑った。

「そうですね。もてると思います。水梨くん、とっても優しいし。この怪我の時も、病院に連れていってくれて……」

捻挫をした時の話を保奈美がしている間、隆之は居心地悪くその隣に座っていた。隆之のバイト先だから気を回しているのか、「両親もとても水梨くんを褒めていて」と保奈美はやたらに隆之を持ち上げる。たいして広くない編集部だから話は聞こえているだろうが、沖屋はまったくこちらには関心を払わず、いつもと同じようにてきぱきと仕事をこなしていた。

「じゃあ、私そろそろ」

腰を上げた保奈美を送るために、隆之も一緒に帰ることになった。捻挫のことがあるからそうするのはかまわないが、沖屋が変に保奈美に気を遣うのが気にかかる。らしくない、と思った。

「沖屋さん、今日はこれで失礼します」

デスクまで行って挨拶をすると、沖屋は「ああ」と顔を上げた。隆之の後ろで保奈美が深々と頭を下げる。

「お邪魔しました。ありがとうございました」

「気をつけて」

めったに見せない極上の笑顔で、沖屋はにっこりと保奈美に笑いかけた。


隆之が次に沖屋に会ったのは、その一週間後の夜だった。あれから何度かマンションを訪れてみたが、いつも不在で会えなかったのだ。仕事が忙しいのか、携帯電話もなかなか繋がらなかった。

電気がついているから、いるはずだ。そう思って待っていると、やがてインターフォンから低い声で応答があった。

『はい』

「あ。俺です。水梨です」

『……』

いつもならすぐに「ああ入れば」と言われるのに、なぜかインターフォンは沈黙した。焦れてもう一度呼びかけようとした時、スピーカーの向こうから、味もそっけもない、ぽんと放ってよこすような声がした。

『水梨、おまえもうここに来るなよ』

「――え？」

意味が、呑み込めなかった。

隆之は何も反応を返せなかった。すると沖屋の声は、苛立ったように早口になる。

『え、じゃねえよ。もう終わりだって言ってんだよ。ああそうだ、合鍵返せよ。今開けるから』

少しして、ドアは開いた。隙間から冷ややかな目が覗く。

ドアはほんのわずかしか開かなかった。――チェーンがかかっている。

「……沖屋さん」

「ほら。鍵返せよ」

沖屋はドアの隙間から手を差し出してきた。隆之はじっとその手のひらを見つめた。

（もう終わり）

終わり？　終わりって言ったか？

「……どういうことですか」

「どういうもこういうも、別れるって言ってんだよ。もうおまえとは終わりだ」

顎を反らして、見下ろす視線で隆之を冷たく見て、沖屋は言い放った。ざっくり何もかも切り捨てる、いつもの毒舌で。

隆之は瞬きをして、深く息を吸った。だけど吸った息をうまく吐き出せない。衛星中継のタイムラグみたいに、言葉が胸に届くまでに時間がかかった。心臓の鼓動も遅れて今さら速くなる。

「どうして」

喘ぐようにやっとひと言、口にした。

「……他に男ができたんだよ」

表情を動かさず、沖屋はそう言った。

「――」

そんなセリフを、これまでかけらも想像しなかったわけじゃなかった。自分はただのセフレだ。いつだってその可能性はあった。

だけど。

想像するのと実際にその口から言われるのとでは、おもちゃのナイフと本物の刃物くらい、痛さが違った。胸をざくりと切り裂いた。

「沖屋さん」

隆之はドアのへりに手をかけて、せいいっぱい開けようとした。阻《はば》むチェーンがガチャリと鳴る。急《せ》き込んで言った。

「俺、何か沖屋さんの気に障ることでもしましたか。どうしてこんないきなり」

「おまえさあ」

言いつのる隆之の言葉を、うんざりした調子で沖屋が遮った。

「おまえ一人で、俺が満足してるとでも思ってたのか？」

「――」

「んなわけねえだろ。俺はセフレが四人いたんだぜ？　全員おまえより年上で、金も地位もテクもある男だよ。おまえみたいな年下のバイト学生、本気で相手にしてると思ってたのか。ただの暇つぶしに決まってんだろ」

「……」

「――飽きたんだよ」

そのたったひとことで、沖屋は隆之を突き落とした。

指一本で胸をぐらつかせた時と同じように。

「ついでにバイトもクビだ。顔合わせるのも面倒だからな。二度とここにも、編集部にも来るなよ。もうおまえには会いたくない」

鍵、ともう一度手を差し出されたけど、動けなかった。何か言い返すこともできない。頭の中が思考とは別のものでいっぱいで、まるで言葉が浮かばなかった。

沖屋はチッと舌打ちした。これ以上会話をするつもりもないらしく、ぞんざいに「ポストに入れて帰れよ」と言い捨てる。

そして、ドアを閉めた。

鍵のかかる音は物質みたいに心に落ちて、冷たくそこを冷やした。


俺は捨てられたんだ。

ようやくそう胸に沁《し》みたのは、電車に乗った記憶もないまま、夢の中を歩くようにして自分のワンルームの部屋にたどり着いてからだった。

その夜は一晩中、眠れなかった。何が気に障ったんだろうと考え、やっぱり年下で何も持っていないからだろうかと落ち込み、会ったこともない沖屋の新しい男に嫉妬した。

ベッドの上で力なく壁にもたれて、手の中の鍵を眺める。ポストに入れていけと言われたのに、結局返せずに持ってきてしまった。自分がこんなに未練がましい男だなんて知らなかった。沖屋が言った通り、つきあう相手に不自由したことなんてなかったのに。

鍵は冷たく軽く、隆之の手のひらを冷やす。これがある間は、そばにいられると思っていたのに――

煩悶《はんもん》と自己嫌悪を、三日間続けた。その間に受けた面接の出来は最悪だった。

穴に落とされて上から土を被せられている気分なのに、その飲み会に出ようと思ったのは、阿妻が来ると聞いたからだ。

大学で所属しているマスコミ研究会の飲み会。就職活動生を慰労しようという名目らしいが、そのためにOBやOGが何人か顔を出すようだった。

マスコミ研究会は代々卒業生による就職サポートが盛んなサークルで、OB・OGとの繋がりが強い。阿妻は沖屋の友人で、隆之に青耀社でのアルバイトを紹介してくれた男だ。沖屋とは大学時代から今に至るまでずっと交流があるようだから、かなり親しいんだろう。

沖屋のことが知りたかった。いまさら知ったところで、もうどうしようもないのかもしれない。でも、知りたかった。

「よう水梨、元気か?」

大学近くの居酒屋の広い座敷だった。阿妻は仕事で遅れてきて、隆之が手を振って合図をすると隣に来て座り、「まずはビール」とグラスを勢いよく干した。ぷはーっと満足そうに息を吐く。

「エロ雑誌編集部のバイトはどうだ。沖屋とはうまくやってるか? あいつ、綺麗な顔して口が悪いだろう。いじめられて泣いてないか」

阿妻は大きな口を開けてハハハと笑った。

(泣きそうです)

阿妻は現在、新聞社でカメラマンをしている。大柄で声が大きく、快活で精力的な男だった。いつもあちこち飛び回っている印象がある。きっと仕事でも、カメラを持ってどこでもすっ飛んでいくんだろう。

「阿妻さん、最近、沖屋さんに会いましたか？」

空になった阿妻のグラスにビールを注《つ》ぎながら、隆之はとりあえず無難に尋ねた。

「んん？　最近？　お互い忙しいからなあ。電話で話したくらいかな」

沖屋は自分がゲイであることをカミングアウトしているから、長年の友人の阿妻はきっと知っているだろう。だけど沖屋の新しい相手のことまでは、さすがに知らないだろうか。

「しかし沖屋が小説の編集者になるとはな。大学卒業した頃は思ってもみなかったよ。まあ、昔からめっぽう頭がよくて、文章のうまい奴だったけどな。でも向いてるみたいでよかったよなあ」

――おまえには関係ない。

目の前でシャッターを下ろすような、冷たい声を思い出した。

「……沖屋さんって、編集者になる前はなんの仕事をしてたんですか？」

おそるおそる訊いた隆之に、阿妻はあっさりと答えた。

「あれっ、沖屋に聞いてないの？　新聞記者だよ。俺ら同じところに入社したんだよ」

「新聞記者……」

職業自体は、意外でもなかった。あのシニカルで舌鋒《ぜっぽう》鋭く、放胆で不敵で仕事熱心な沖屋には、けっこう向いているんじゃないかと思った。

「どうしてやめたんですか」

「ん――……まあいろいろあって」

それまでテンポよく喋っていた阿妻は、つまみの焼き鳥の串を口にくわえて、歯切れ悪くごまかした。

「……そういやさあ」

間を取るようにビールを流し込んでから、阿妻は周りに聞こえないよう声をひそめた。

「水梨は、知ってるのか？　沖屋の、その……なんだ、趣味っていうか」

「沖屋さんがゲイだっていうことなら、知ってます」

同じように抑えた声で答える。阿妻は瞬きをして、居心地悪そうに何度もグラスを煽った。

「ああそう。あいつ隠してないからな……。それでさ、その……おまえ、この間沖屋の部屋にいなかったか？　電話してたら、おまえの声が後ろから聞こえたような気がしたんだけど。いや、俺の勘違いならいいんだけどさ。まあ、まさかそんなことないと思うんだけど」

隆之は軽く息を呑んだ。

「――いました」

「…ああそう…」

「たぶん、阿妻さんが考えてる通りです」

阿妻は口に含んだビールを、ブハッとグラスの中に吹き出した。激しく咳《せ》き込む。

「大丈夫ですか」

「ゲホッ……な、何やってんだ、沖屋の奴。あいつ、バイトに手なんか出さないって言ってたのに。だから俺はおまえを紹介して」

「沖屋さんは手なんか出してません。俺が出したんです」

おしぼりで口を拭った阿妻は、振り向いてまじまじと隆之の顔を見た。

「沖屋さんがすごく綺麗で魅力的だったから……最初は、それだけだったはずなんだけど」

「おい、水梨」

隆之は片手で目元を覆った。

思うだけで胸が塞がれる。いつだってあの人は、その指先や皮肉な笑顔や冷たい言葉で、隆之をめちゃくちゃに翻弄《ほんろう》する。そばにいない、こんな場所でさえ。

「俺、捨てられたんです。バイトもクビになりました。……もうどうしたらいいのかわからない」

人生順風満帆だろうとバカにした顔で笑って、その指で隆之の胸を突き崩した人。もう一度戻れるなら、土下座したっていい。

「……」

涙は滲んだだけで、かろうじて流れずにすんだ。手の下で瞬きして、どうにか引っ込める。阿妻がじっと自分を見ている気配がした。

彼が到着した時点で、サークルの他の連中はすでにできあがっていた。座敷の中は陽気な喧騒《けんそう》に満ちている。阿妻はグラスのビールを飲み干すと、隆之の肩を軽く叩いた。

「場所変えようや」

二人で騒がしい飲み会を脱け出した。まだ春は浅く、外に出ると夜風が頬を冷やす。知っている店があるからと先に歩く阿妻について、彼の馴染みらしい小さなバーに移った。店内は適度に薄暗く落ち着ける雰囲気で、隅のボックス席に向かいあって座った。

オーダーを告げて運ばれてくるまでの間、阿妻は温かいおしぼりを目にあててソファの背にもたれ、黙ったままでいた。それからおしぼりを取って、隆之を見た。

「あのさ、おまえは知らないかもしれないけどさ、沖屋は、その……そっちの方ではけっこう節操ないっつうか、奔放っていうか……」

言いにくそうに言葉を選ぶ阿妻に、隆之は頷いた。

「知ってます。セフレが何人もいたって」

阿妻はまた軽く咳き込んだ。

「あ、ああそう…。まあそういうことだからさ、沖屋のことは諦めた方がいいんじゃないかな。たしかにあいつは顔は綺麗だし、時々変に…こう、色っぽいから、ふらっといく気持ちもわからんでもないけど。だけどほら、今は大切な時期なんだしさ。就職したらまた環境も気持ちも変わるだろうし」

「……」

一時の気の迷いだろうと、暗に言われている気がした。

阿妻は腕組みをして、難しい顔をしてはーっと長く息を吐いた。運ばれてきた水割りをちびちび飲みながら呟くように話す。

「沖屋もなあ……悪い奴じゃないんだが。でもああいうの、ほんとはやめた方がいいよなあ。あいつも前はあんなじゃなかったんだが……」

語尾がしだいに小さくなって口の中に消えていく。その言葉の尾を、隆之はつかまえた。

「沖屋さん、以前は恋人とかいたんですか？　恋人は作らない主義だって聞いたんですが」

「あー…、恋人ねえ…、うーん……」

眉間《みけん》にくっきりと深い皺《しわ》を刻んで、低く唸る。面倒見がよくて気のいい先輩だが、恋愛ごとの相談は苦手そうなタイプだった。

「阿妻さん。何か知ってるなら、教えてもらえませんか。俺、沖屋さんのこと、もっとちゃんと知りたいんです」

「……」

阿妻はまたおしぼりを顔に乗せてしまった。ソファにそっくり返って腕を組んで、顔を天井に向ける。その姿勢で、かなり長い間考え込んでいた。

「――沖屋のことが、好きなのか」

おしぼりで目元を覆ったまま、阿妻がぼそりと言った。

「はい」

隆之は頷いた。

自分に問いただす必要もない。好きだ。自分でも知らないうちに、首まで――いや、頭の上まで、全身どっぷり浸《つ》かっている。

あの人のそばにいたかった。意地悪そうな笑い顔を、ずっと近くで見ていたかった。冷たくされてもそっけなくされてもいい。ただあの人が寂しい時に、そばにいられたらいい。

他の誰かじゃなくて、自分が。

要領のいい恋なんていくらだってしたのに、と思う。なんでよりにもよって、男で、年上で、毒舌で奔放で、隆之を指先にひっかけてくるくる振り回すような、沖屋がいいんだろう。

(でも編集部を背負ってがんばってて、みんなに信頼されてて、俺の作ったまずいメシに文句は言わなくて、愛想の悪い猫みたいに甘えるのが下手で、毒舌だけど猫舌で、綺麗でかわいくて、寂しくて甘い人だ)

誰にも渡したくない。

「……俺が話したって、沖屋には言うなよ。ぶっ殺されるからな」

おしぼりを取って体勢を戻して、阿妻はじろりと隆之を睨んだ。

「はい」

「俺はそっちの世界は疎《うと》いし、沖屋もいちいち話す方じゃないから、そんなに詳しくは知らないんだけどさ……」

　水割りで喉を湿らせながら、阿妻は言いにくそうにぼそぼそと話した。

「大学の頃は、あいつまあそこそこ遊んでたみたいなんだよな。一夜の関係とか、そういうの？　俺はよく知らんが、あっちの人間はけっこうそのへんゆるいって聞くしな。だけど少なくとも、記者をやってた頃は、あいつには恋人がいたんだよ。他の人間と遊んだりもしてなかったみたいだから、たぶん本気だったんだろうと思う」

「どんな人ですか」

「若手の政治家だった」

　隆之はうっと喉を詰まらせた。ステイタスではとても太刀打《たちう》ちできそうにない。

「仕事で知りあったんだろうな。沖屋は政治部配属だったから。人から話を引き出すのがうまくてセンスのいい文章を書くってんで、新人記者の中じゃずいぶん期待されてたんだぜ。相手の男は二世議員で、育ちのよさと誠実さを売りにしていた。なかなかの美丈夫《びじょうふ》で、奥様方に人気があったよ」

「どうして別れたんですか」

「それなあ……」

　阿妻はテーブルに肘をついて、短い髪をわしゃわしゃとかき乱した。

「俺らが入社して三年目に、衆議院総選挙があった。沖屋の恋人にとっては二期目の選挙だ。彼は二世議員といっても、地盤と利権を引き継ぐいわゆる〝お世継ぎ〟じゃなかった。

政治家だった彼の父親は数年前に離党してから亡くなっていて、選挙区も違うところから出馬していたからな。その年そこは激戦区で、強力な対立候補がいた。で……」

隆之はさっきの阿妻の言葉を思い出した。若手の政治家だった——過去形。

「……ビラがまかれたんだよ」

口に嫌なものでも入れてしまったように、阿妻は苦い顔をした。

「ビラ？」

「いわゆる怪文書ってやつだな。対立陣営の仕業だとしたら卑怯《ひきょう》なやり口だが、証拠はない。彼は弱者に優しい政治と青少年の健全な育成、というクリーンなイメージでうって出ていた。ところがその出回った怪文書ってのが……彼の個人的な性的嗜好《しこう》を暴露するものだった」

「それって」

ぎゅっと喉元をつかまれた気がした。阿妻は神妙に頷いた。

「同性愛者だ、って名指しで非難されたんだな。しかも男の肩を抱いてホテルの個室に入るところの隠し撮り写真つきだ。相手の顔は写っていなかったけど、彼の顔はばっちり写っていた」

「……」

「真っ昼間から同性と不潔な行為にふける候補者に、はたして青少年の育成をまかせられるだろうか——文書はそんな調子で彼を非難していた。だけど決定的な行為の写真を撮られたわけじゃないんだから、言い逃れするって手もあったと思うんだがね。でも彼は自分が同性愛者であることを、肯定もしなかったが否定もしなかった。たちまち下世話なマスコミに騒ぎ立てられて、彼のクリーンなイメージは地に落ちた。もともと強力な地盤があったわけじゃない。頼みの綱の主婦層には見放され、党の公認も取り消され、選挙は惨敗。彼はそのまま政治の世界から姿を消した。同時に、二人の仲も壊れた」

隆之は目を閉じて背もたれに寄りかかった。ためていた息を、長く吐く。それから目を開けて阿妻に訊いた。

「それで、沖屋さんは新聞社を辞めた？」

「一緒に写ってるのは沖屋じゃないかって、うちの社の政治部じゃ噂になってたからな。知ってる人間なら後ろ姿でかなり見分けつくもんだし。でもそれだけじゃなくて、相手が政治家生命を断たれたのに、自分だけ記者を続けるってことができなかったんじゃないのか」

そうしてまったく畑違いの出版社に中途入社して、複数のセフレと関係を持つようになった——

「沖屋はそれ以来、絶対に恋人は作らない。遊びが目的の人間しか相手にしなくなった。騒ぎの間、奴は驚くほど冷静だったけど、人間、どこでどう傷ついているか外側からはわからんからな」

しかも、あの沖屋だ。傷なんて他人に見せるはずがない。

阿妻は空になったグラスに新しく水割りを作った。隆之の前では、あまり口をつけないまま氷がとけて水割りが薄くなっている。

「……長野っていうのが、その人の名前ですか」

思い出して訊くと、阿妻はぱちぱちと瞬きした。

「いや、長野は人名じゃなくて地名だ。そうか、おまえ、俺が電話した時に沖屋の部屋にいたんだよな」

「はい」

「彼は現在、消息不明なんだ。政治から足を洗った後、どこで何をしているのかわからない。ところが長野のけっこう田舎《いなか》の駅で彼によく似た人物を見かけたって話を聞いてな。勤め人の格好はしてなかったらしい。沖屋が気にしてるだろうと思って電話したんだが、もう関係ないって言われちまったよ」

「……」

あの夜の、顔も覗かせずにブランケットにくるまっていた姿を思い出して、胸の奥がキシキシと痛んだ。

「話はこれで全部だ。——まあ、巡りあわせが悪かったってやつだな」

そう言った阿妻のセリフが、沖屋とその男のことを言っているのか、それとも沖屋と自分のことを言っているのか、隆之にはわからなかった。

阿妻はウエイターを呼んで隆之のグラスを取り替えてもらい、新しいグラスに氷を入れた。手ずから水割りを作ってくれて、「まあ飲めよ」と差し出す。彼がこの話をしたのは、きっと隆之の手には負えないと悟らせるために違いない。だから沖屋は誰にも本気にならない、と。

差し出されたグラスを、隆之は一気に半分ほど煽った。濃いめの水割りにむせて咳き込む。目に涙が滲んだ。

阿妻はそんな隆之を同情するような目で見て、「水梨はまだ若いんだからさ。どうにもできなくても、おまえのせいじゃないよ」と付け加えた。

思い出すのは、意地悪そうに笑う顔、薄い唇を舐めるしぐさ。

冷めた目。ふてくされた顔。怒った顔。きつく眉をひそめて頬を上気させて、声を抑える顔。それから……寂しそうな時の顔だけは、絶対に見せてくれなかった。

もう何日、顔を見ていないだろう。地下鉄のドア脇のポールに体をもたせかけて、隆之は目を閉じて記憶を追った。だけど記憶だけじゃ足りなくて、会いたくて、でもバイトはクビになってしまった。マンションに行っても、きっともう会ってもらえないだろう。

阿妻から聞いた沖屋の過去は、隆之をしたたかに打ちのめした。何もできない自分を思い知らせ、少しは近づけていたんじゃないかというわずかな期待を、粉々に砕いた。

沖屋は本気の恋はするつもりがないんだろう。だから本気の隆之がうっとうしくなったのかもしれない。沖屋の心を動かし、変えられるだけの力が自分にはなかった。そういうことだ。

目を開けて、暗い窓に映るリクルートスーツ姿の自分をぼんやりと眺める。

今の自分じゃだめなら、せめて大学を卒業して社会人になったら、少しはまともに扱ってもらえるだろうか。一人の男として見てもらえるだろうか。この腕に、受け止めてつかまえておけるだけの力がつくだろうか。

ぐるぐると、堂々巡りの考えばかりが頭を回る。

（でも待てない）

待てないことが大人じゃない証拠かもしれないと、思ってさらに落ち込んだ。

車内アナウンスが目的の駅名を告げる。隆之はポールから身を起こした。とりあえず、今の自分には就職活動しかできることがない。

今日は脩学館の最終面接が行われる日だった。

最後の面接は役員面接で、社長を始め十数人の役員がずらりと並ぶらしい。今まで青耀社という押さえがあったせいで比較的肩の力を抜いて就職活動をしてきた隆之だが、さすがに大手企業の役員面接ともなると胃が重くなってきた。青耀社に就職するという道も、今となってはかなり危うい。

面接の始まる時間の二十分前に、脩学館の社屋に着いた。雑居ビルに入っている青耀社とは違い、歴史を感じさせる重厚で立派な建物だ。

「あちらのエレベーターで七階に上がっていただきまして、そうしますと案内板がございますので、そちらに従って控え室でお待ちください」

受付で、マネキンみたいな顔立ちの女性にむやみに丁寧な口調の案内を受ける。案内の通りに進んで、長机と椅子の並んだ控え室で、同じようにリクルートスーツを着た学生たちと一緒に席について待った。人数は二十人程度。ここから何人が採用になるかは知らないが、全員通夜のように無言で、緊張しきった面持《おもも》ちだった。

前方の椅子に社員の男性が一人座っていて、時々腕時計をちらりと見たり、部屋を出てどこかに行って戻ってきたりする。受験者の緊張をほぐそうとしているのか、前列に座った学生に気さくに話しかけたりしていた。そうこうしているうちに面接の始まる時間になって、学生は名前を呼ばれた者から順に一人ずつ別室に連れられていった。

手持ち無沙汰《ぶさた》なのにいたたまれない、長い時間が過ぎる。隆之が呼ばれたのは、ずいぶん後ろの方だった。もうあと二人しか残っていない。

社員の男性は隆之を面接会場の部屋の前まで連れていき、そのまま立ち去った。一度深呼吸してから、隆之はドアをノックした。

「どうぞ」

中から声がする。「失礼します」と声をかけてドアを開け、中に入って一礼した。大学名と姓名を名乗り、「よろしくお願いします」ともう一度頭を下げる。

顔を上げると、横一列に並んだスーツの男たちの視線がいっせいに刺さった。胃がぐっと下がる。

一番端に座っている男に「おかけください」と促《うなが》され、隆之は中央に置かれているパイプ椅子まで進み、浅く腰かけた。そうして並んだ役員たちにさりげなく目を走らせて——思わず声をあげそうになった。

「松木原さん、沖屋さんは」

「うわっ」

リクルートスーツのまま『檻の中』編集部に駆け込んで詰め寄ると、遅いおやつなのか早い夕食なのか菓子パンをかじりながら仕事をしていた松木原は、驚いて椅子の上でのけぞった。

「なんだ、水梨くんか。ひさしぶりだなあ。スーツなんか着ちゃって、就職活動？　あ、そうだ、沖屋さんがクビにしたって言ってたけど、冗談だろ？　まったく、困るよ。仕事たまっちゃってさあ。何したんだか知らないけど、怒らせたんならちゃんと謝って、早く戻ってきてくれよ」

「そうしたいのはやまやまなんですけど」

今にも走り出しそうな隆之の焦れた様子が伝わったのか、松木原はすぐに話を戻した。

「沖屋さんなら、打ちあわせに出てるよ。百済先生だから長引くんじゃないかな。あの先生、打ちあわせが異常に長いから。今日はそれほど仕事残ってないし、遅くなったら直帰するって言ってたよ」

「そうですか。ありがとうございました」

礼だけ言って、隆之は踵《きびす》を返して編集部を出た。

沖屋の携帯はずっと繋がらない。隆之だとわかって出てもらえないんだろう。

時刻は五時を回っていた。何時に帰ってくるかわからないなら、来るまで待とう。すぐにそう決めて、隆之は青耀社を出た足で沖屋のマンションまで行った。部屋のドアにもたれて、腕を組む。

三十分ほどそうしていたところで、出入りする他の住人の不審そうな視線に気づいた。これでは沖屋に迷惑をかけるかもしれない。合鍵はさすがに気が引けて使えなくて、あまり人の通らない階段の隅に座って、足音がするたびに少しだけ顔を出して覗いた。

沖屋の帰宅は遅かった。まだ夜になると肌寒く、コンビニで温かい飲み物を買って四時間近く待ったところで、ようやくエレベーターの扉から姿が現れた。

ひと目見て、胸がいっぱいになった。何か月も会わなかったわけじゃないのに。

沖屋はごくいつも通りの様子だった。ネクタイはしておらず、うつむきがちに歩いている。少し疲れているようにも見えた。靴音を響かせて廊下を大股で近づくと、鍵を取り出す途中で振り返って、目を見開いた。

「水梨……何してるんだ、こんなところで」

「沖屋さん、話があります」

「俺にはない。待ち伏せなんかしやがって……おまえもストーカーか」

沖屋は思いっきり頬を歪めた。

「帰れ。もうおまえの顔は見たくないって言っただろう」

言い捨てて鍵を開けて、ノブを回す。沖屋がドアを開けたところで、隆之は背後から腕を伸ばしてドアのへりをつかんだ。

「お願いです。話をさせてください」

短く舌打ちをして、沖屋は玄関の中に入って強引にドアを閉めようとした。隆之は無理にその隙間に体をねじ込んだ。

重いドアが肩にがつんと当たる。痛みが走り、隆之は小さくうめいた。でも体は引かなかった。沖屋はぎゅっと顔をしかめて、ノブを握っていた手を離した。

「だからガキは嫌なんだよ。すぐに熱くなりやがって……！」

苛立たしげに、手にしていた鞄《かばん》をバンと廊下に叩きつける。背中を向けて、沖屋は荒い足取りで奥に向かった。隆之はその後を追った。

「沖屋さん」

「話すことなんかないって言ってんだろ。今日これから、ここに新しい男が来るんだよ。

だからおまえは邪魔なんだよ。飽きたんだよ。さっさと帰れよ」

矢継ぎ早に投げつけられる、冷たい言葉。隆之は拳を握って、深く息を吸った。

「沖屋さん、高橋さんが脩学館社長の娘だって知ってたんですか」

「――」

沖屋の動きが止まった。

「答えてください。知ってたんですよね？」

ダイニングキッチンに立った沖屋は、振り返って隆之を見た。

「……知ってたからどうだっていうんだ」

「やっぱり」

「パーティで見かけたことがあるからな。だけど、それがなんだっていうんだ？　それとこれとは関係ねえよ。帰れって言ってるだろ！」

「新しい男なんて、嘘じゃないんですか」

「……」

沖屋は黙ってきつくこちらを睨みつけてくる。その唇が、わずかに震えた。

「俺のために――嘘をついてくれたんじゃないんですか」

脩学館の最終面接が終わった後、隆之はまず高橋保奈美の携帯に電話をかけた。すぐに繋がった。

並んだ役員の中に彼女の父親がいたことを問いただすと、保奈美は最初に隆之に謝ってから、父親が脩学館の現社長職に就いていると認めた。就職がからんでくるといろいろと面倒なので、大学では伏せているという。

『私自身、父のコネには頼りたくないから、普通に就職活動してるし……。だから誤解しないで欲しいんだけど、水梨くんが脩学館の最終に残ったのは、完全に実力だからね。うちで会って紹介するまで、父はあなたのこと、まったく知らなかったし。あの日は私、両親にもこっそり口止めしておいたの。知ったら水梨くんが萎縮《いしゅく》しちゃうと思って』

保奈美はさらに、最終面接で隆之を通すように頼んでもいないし、父親が隆之を気に入ったのなら、それは隆之自身の力だ、それに他の役員の意見もあるから、落ちるかもしれない、落ちても私は知らない——としつこいほどに繰り返した。

沖屋の態度が急変したのは、保奈美が『檻の中』編集部に来てすぐのことだ。動かない沖屋に近づいて、隆之は言葉を継いだ。

「俺が脩学館の試験を受けてて、高橋さんがそこの社長の娘だから、それで」

「誤解するんじゃねえよ。ちょうどタイミングがよかっただけだ」

隆之が近づいたぶん、沖屋は後ろに下がった。

「本当に他に男ができたんだよ。金もテクもない年下はもううんざりなんだよ。早く切りたかったんだ。だからちょうどいいって思ったんだよ」

沖屋の口から出てくるのは、鋭く尖った、わざと隆之を傷つけるような言葉ばかりだ。

「だいたいおまえだって、ただの好奇心だったんだろ。潮時なんだよ。あの彼女はおまえのこと好きみたいだし、親にも気に入られてよかったじゃねえか。この機会に男なんかすっぱりやめて、かわいい女の子とつきあえよ」

叩きつけてくる声。だけどナイフのような言葉を吐き出すその口の端が、細かく神経質に震えている。

「高橋さんには、告白されたけど、断りました」

沖屋はぴたりと口を閉じた。

父親が大手の出版社の経営職に就いているのに、わざわざ青耀社の会社見学をしたがったのは、そこが隆之のバイト先だったからだと保奈美は言った。隆之があんまり楽しそうに編集部の話をして、そこに就職したいと言い出すので、どうしても見たかったと。そうして、なしくずしのように告白された。

「高橋さんとつきあう気はありません。ちゃんと彼女に言いました。俺には好きな人がいるからって」

「そういうのが面倒なんだよ……！」

苛立ったしぐさで、沖屋はダイニングテーブルを強く叩いた。

「沖屋さん、すみません。俺、聞きました」

沖屋の眉が、ぴくりと上がった。

「……何をだよ」

「沖屋さんが新聞記者だった頃の――恋人の話」

ひゅっと細く空気が鳴った。

次の瞬間、隆之の背後の壁に何か硬いものが叩きつけられる衝撃音がした。隆之はとっさに目を瞑《つぶ》って息をつめた。わずかに遅れて、細かいものがばらばらと床に落ちる音がする。

そっと目を開けて床を見ると、粉々になったガラスの破片が床に散らばっていた。

「——出ていけ」

テーブルの上にあったグラスを投げつけた沖屋は、肩で息をして、血の気の失せた顔をしていた。

「すみません。土足で踏み込むような真似《まね》をしたのは謝ります。でも」

「うるさい。もうたくさんだ。俺の前から消えろ。二度と顔を見せるな！」

「沖屋さん！」

怒鳴り捨てて奥の部屋に行こうとする沖屋を、隆之は走って抱き止めた。細身の体は腕の中で激しく暴れる。振り回す肘や拳が、みぞおちや顔に容赦《ようしゃ》なく当たった。

「は、なせよ…っ、ん…ッ——」

暴れる体をむりやり振り向かせて、肩をつかんで乱暴に口づけた。

強引に唇を割って舌を差し入れようとする。こんなふうにむりやりキスをしようとしたことなんて、今までなかった。逃げる舌を探りあてた瞬間、横から強い勢いで頬を張り飛ばされた。

「って…」

隆之はよろけて沖屋から一歩離れた。平手で打たれた頬がカッと熱を持つ。舌に走る鋭い痛みに指をあてると、歯で切ったらしく血が滲んでいた。

「俺のことはもう放っておけよ……！」

悲痛な声に、隆之は顔を上げた。

拳を握りしめて、唇を震わせて蒼白な顔をしている沖屋には、いつもの余裕たっぷりで冷静沈着な上司の面影《おもかげ》はどこにも見えなかった。

追いつめられて、壊れそうな自分を必死で守っている、あたりまえに弱いところのある人の顔。

「俺から離れてやっただろ。ちゃんと忘れやすいようにしてやっただろ。だからもう俺に関わるなよ」

逃げるように数歩あとずさって、壁にぶつかると沖屋は両手で頭を抱えた。

「俺は後悔されるのはもう嫌なんだよ……」

「――沖屋さん」

隆之はゆっくりと近づいてその前に立った。

「俺は後悔なんてしません」

「……遊びだったくせに」

乱れた茶色い髪の隙間から、沖屋は隆之を睨みつけた。

「遊びだったんだろ？　そうだって言えよ」

「……」

「あんな状況で、その場の流れで雰囲気で寝たんだ。おまえだって本気じゃなかっただろう。薄い、ぺらぺらの、軽い気持ちだったくせに」

きっと沖屋にはそう見えただろう。そう思わせたのは、自分だ。

格好つけて、遊びのセックスくらい簡単にできる大人に見せたくて。

「俺は誰かの重荷や傷になるのなんてまっぴらなんだよ！　そんなんだったら、捨てていかれた方がマシだ……！」

「沖屋さん…っ」

隆之は沖屋の両手首をつかんだ。つかまれた沖屋は、めちゃくちゃに腕を振り回す。

「捨てていってくれよ、頼むから」

振りほどこうとしてもほどけない隆之に焦れて床を踏み鳴らして、顔を伏せて沖屋は叫んだ。搾り出すように。

「捨てていけよ。俺をおいていけ。俺はおまえを思い出さない。だからおまえも、俺のことなんか忘れればいい！」

「お願いだから、そんな言葉は言わないでください……！」

拳を作った腕ごと、隆之は両手で沖屋をかき抱いた。沖屋の体は硬く強張っている。

「すみません。俺がずるくて、弱かったです。だから泣かないで」

「泣いてねえよ。バカ野郎」

でも心が泣いているのがわかる。

こんな泣き方だけは、させたくなかった。涙も流せずに泣くなんて。一番悲しい泣き方だ。

「俺は沖屋さんのことが」

「言うな」

片手でぐっと隆之の胸を押し返して、沖屋は喘ぐように呼吸した。下から隆之を見据える。

「言ったら殺す」

「いいえ、言います。殺してもいいです」

「…っ」

きつい瞳が揺れた。ぐらりと一瞬、表情が崩れた。

中で何かが壊れるみたいに。

「——好きです」

口にした瞬間に、たしかに沖屋の全身が震えた。

「沖屋さんが、好きだ。この先どうなっても、好きになったことだけは後悔しません」

揺れる視線をつかまえて、静かに、できるだけしっかりと隆之は言った。この人の一番深いところに届くように。

「うっ——」

強張っていた体から、ふっと力が抜けた。

支えを失くした人形みたいに、沖屋は壁伝いにずるずると崩れ落ちた。

「……おまえは、本当にバカだ」

呟く声がする。その声にはいつもの刺や毒はかけらもなかった。下を向いたまま、沖屋はゆるく握った拳で力なく顔を覆った。隆之はその前に膝をついた。

「はい。でも好きです」

手を伸ばして、形ばかり握られた拳を両手で包み込む。やわらかく力を込めてその手を下ろさせて、顔を近づけた。

沖屋は虚脱したような表情で近づいてくる隆之に見入っていた。触れる寸前、唇から細く長い吐息をこぼす。

そうして、そっと目を閉じた。

キスは少しだけ苦い味がした。

「……最初から、こう言ってキスさせてもらえばよかった」

唇を離すと熱い痛いものが胸の中に広がって、愛おしいのと同時に苦しくて、隆之はうつむいた。

「俺が悪かったです。格好つけたくて、あなたに子供だと思われたくなくて、意地を張った」

もっとちゃんと最初から、好きだと言えばよかった。

格好なんかつけずに、ぎこちなくてもみっともなくてもいいから、告白して。

土下座してこの人の愛を乞《こ》えばよかった。あんな言葉を言わせないように。

「捨てていけなんて、もう絶対に、二度と言わないでください。俺はあなたを捨てたりしない。大事にして、抱きしめて、俺の中の一番大切な場所においておく。あなたが俺を捨てることはあるかもしれないけど、俺が自分からあなたを離すことなんてない」

包み込んだ拳を引き寄せて、ひたいに押しあてて目を伏せた。祈るように。

「だから、お願いだから二度とそんなことは言わないで……」

こぼれた涙の粒が、ひとつふたつ、音もなく床に落ちた。

「……おまえ、何泣いてんだ」

「あなたが悲しいことを言うからです」

隆之の頬に、握っていない方の沖屋の手が触れた。手はぎこちなく動いて隆之の涙を拭い、それから頭を鷲《わし》づかみにして、髪をめちゃくちゃにかき乱した。

「……バカだな」

薄い唇がわずかに微笑った。

バカだな。水梨は本当にバカだな。今まで何度もそう言われたのに、それがこんなふうに甘く、痛いくらいに優しく響く言葉だなんて、知らなかった。

「だから、言うなって言ったんだ」

髪を乱した手は首の後ろに回って、ゆっくりと隆之を引き寄せた。

「離せなくなるだろ……」

「あ――…」

自分が中に入っていく瞬間のこの人の声が好きだった。

甘く溶け崩れていくようで。

胸につくほど膝を曲げさせて押し入ると、沖屋の足はやわらかく隆之の腰にまとわりついてきた。背中に回された手が指を立ててすがりついてくる。

「沖屋さん……」

舌をからみあわせるのと服を脱ぐのを同時にしながら、寝室に移動した。本当はもっと丹念に愛撫をしたかったのだけど、内側からの熱に押し流されて、今までになく性急に身体を繋いだ。

ひさしぶりの中の感触は記憶よりもさらに熱くて、入り口はきついのに、内部は待っていたように隆之を引き込んでくる。ジェルで濡らした内壁が絞り上げるようにからみついてきた。

「…っ、あ、あ」

揺らすたびに漏れる声が愛しくて、苦しそうに顔を背けられるのに、隆之は何度もキスをねだった。首筋に吸いついて赤く痕をつけて、淡い色の胸の尖りを指先でこねる。硬くなって充血したそれを執拗《しつよう》に指や舌でいじっていると、沖屋は体をひねって逃れようとした。

「そこ、ばっか、いじんなよ……ッ」

「でも、けっこう感じるんですよね？　もう覚えました」

上気した顔で睨まれても、煽られているとしか思えない。顔を押しのけようとしてくる手首をつかんで、シーツに縫《ぬ》いつけた。

「もっと反応を教えてください。ちゃんと覚えますから」

「んん……っ」

軽く歯を立てると、沖屋はかすれた鼻声を漏らした。きつく眉をひそめて、目をぎゅっと瞑っている。耳に息を吹きかけて、甘噛みしながら囁いた。

「俺をあなたの好きなように育てていいですから」

「あ、ああ…ッ！」

腰を抱え直して奥を深く突くと、噛みしめていた唇を声が割った。

両手で腰をつかんで、収めたものを浅く深く動かす。馴染んだ壁は突き入れると受け入れて、引き戻すとからみついてきた。細い腰が魚のようにのたうつ。こんなに細いところに、と最初は信じられない思いをしたものだった。今でも無理をさせているんじゃないかと時々心配になる。だけど内部の反応も漏れる吐息も苦しそうな表情すら、いつも隆之をかきたてるばかりで、まるで抑えてくれない。

（……もっと）

知りたいし、教え込みたい。

「……水梨」

「はい」

「水梨…っ」

「はい。沖屋さん」

沖屋はがくがくと揺さぶられながら、隆之に手を伸ばしてきた。その手をつかんで手のひらに口づけて、首に回させる。

「沖屋さん、どうして欲しいですか。何が欲しいの。教えてください」

「やっ、あ、ああ…ッ」

抱きしめる角度を変えて腰を叩き込むと、たまらなそうに背中に爪《つめ》を立てられた。流れる汗がぽたぽたと沖屋の胸に落ちる。沖屋の瞳はとろりと潤《うる》んで、何かを訴えるように唇が喘いだ。

「み、水な……あっ」

「お願い、教えて」

何が欲しいの。どうして欲しいの。いつもそればかり考えている。

自分だけがあげられる人間になりたくて。

「水梨……水梨……っ！」

名前ばかりを、沖屋は何度も呼んだ。

呼ぶ声に応えて動きを速める。一番感じるところを強く突き上げると、沖屋はぎゅっと全身でしがみついてきて、身を震わせて放出した。包まれている場所が瞬間的にきつく収縮して、踏みとどまれずに隆之も中で果てた。

どちらのものともわからない荒い息だけが寝室を満たす。

「すみません。もう少し我慢したかったんですけど……ひさしぶりだったから」

「……俺も」

荒い息の合間に、沖屋はぼんやりした顔で呟いた。濡れた唇にとろけた目。こんな無防備で色っぽい顔は自分だけのものだと思う。

「やっぱり、新しい男なんて嘘だったんですね」

隠しきれずに嬉しそうな声になってしまった。沖屋は軽く隆之を睨んだ。

「年下の男はしつこそうだからな」

「ええ。しつこいですよ。覚悟してください」

隆之は笑って、可愛げのない言葉を吐く唇に口づけた。

自身を内部に含ませたまま、汗で張りついた沖屋の髪を梳《す》いたり、ひたいに口づけたりして余韻を楽しむ。体を少し起こして枕元のボックスティッシュを取ると、その動きに、沖屋がひくりと腰を揺らした。

濡れた自分の腹を拭き、新しいティッシュで沖屋の顔の汗を拭う。何枚ものティッシュを使って丁寧に汗を拭いていると、鎮《しず》まっていた沖屋の息が徐々に熱く、速くなってきた。頬にまた血が集まっている。

「……水梨」

「はい。なんですか」

沖屋はきゅっと唇を噛みしめた。眉根を寄せて、責めるように隆之を見る。

少しだけ笑って、隆之はすでに硬さを取り戻しているものをそっと中で動かした。

「ん、あ…っ」

沖屋の肩がずり上がって、かかとが浅くシーツを泳いだ。

「沖屋さん、どっちがいいですか。もう一度？　それとも……抜きますか？」

「…っ」

わざとゆっくりと引き抜きかけると、沖屋は首を竦《すく》めて隆之の二の腕をぎゅっとつかんだ。

「どっちでもいいですよ。いつだって、俺はあなたの望むようにします。……俺がどうしたいかは、あなたの身体にはばれてると思うけど」

いまいましそうに歪む唇を、キスで塞いだ。

舌をからませて、熱い息をさらに引き出す。ゆるゆると動かして、くすぶったままの奥の熱を掘り起こす。拭いたばかりなのにまた汗をひたいに滲ませて、沖屋は隆之の背中に腕を回してきた。奔放な足がからみついてくる。したたる甘露《かんろ》のような声が、とろりと耳元で囁いた。

「……もっと」

それが欲しいものなら、いくらでも。


「――脩学館に内定もらったら、行くんだろう？」

一緒にシャワーを浴びた後、バスタオルで沖屋の体を丁寧に拭いていると、思い出したように沖屋が言った。どうしても気になるらしい。

「そうですね。どうしようかな……」

「水梨」

「青耀社には入れてくれないんですか」

「全部落ちたら、引き取ってやるよ。でもよそで行きたいところがあって、そこに受かったら、ちゃんと行けよ。脩学館は……社長の娘をふったんだったら、どうなるかわからないけど……」

顔を曇らせる沖屋に、隆之は笑って首を振った。

「高橋さん、そんな子じゃないですよ。本人も試験には関係ないって言ってたし。社長もそういうことをしそうな人には見えませんでした。もしも最終面接に落ちたら、俺の実力不足か、運がなかっただけでしょう」

体を拭き終えると、シーツを替えたベッドに向かいあって座った。湯冷めしないように沖屋の肩にブランケットをかける。

「じゃあ、受かったら、行くんだな？」

真剣な顔で見据えてくる沖屋の体には、隆之のつけた情事の痕があちこちに残っている。隆之はうっとりとその痕を眺めた。

「本当は沖屋さんが浮気しないように、そばで見張っていたいんですけど……」

「水梨」

「じゃあ、二つだけ約束してくれませんか。それを守ってくれたら、受かった時は脩学館に行きます」

隆之はにっこりと笑った。沖屋は訝《いぶか》しそうに眉をひそめる。

「約束？」

「まず、何か不満があったら、ちゃんと俺に言ってください。できるだけ善処しますから。足りない時はそう言ってください。他で探さないで。俺一人で満足してもらえるよう、テクがないぶん情熱と努力でカバーしますから」

「人を色情狂みたいに言うなよ」

「あともうひとつ」

シーツの上に置かれていた沖屋の手を取る。手のひらを人差し指でたどって、互いの指をからみあわせた。

「嘘だけは、つかないでください。俺はあなたに嘘をつかれるのが、何よりもつらい」

握った手に、きゅっと力を込めた。

「俺のためでも誰のためでも、俺にだけは嘘をつかないでください。それを今、約束してください。それだけ守ってもらえれば、そばで見張っていなくても、俺はなんとかなりそうです」

「……」

「約束してくれますか」

しばらく考えてから、沖屋は肩を竦めて呟いた。

「ま、いいか」

「でも、もし俺が脩学館に落ちても、その二つは守って欲しいんですが」

沖屋は鼻を鳴らした。

「なんだ。意味ねえじゃねえか」

「俺は沖屋さんの言うことはなんでも聞きます。だからたった二つの約束くらい、守ってくれたっていいでしょう?」

「俺の言うことはなんでも聞くのか?」

「そうですよ。ずっとそうしてきたでしょう? それが本気で俺にして欲しいことなら、できるだけ俺は言う通りにします」

「ふうん」

「何かして欲しいことがあるんですか?」

「……」

沖屋は唇に指をあてて少し黙った。それから目を上げて、ちょっとぞくりと来るような顔で微笑った。赤い舌がちらりと覗いて、唇を舐めた。

「考えておくよ」


「脩学館、内々定もらいました」

数日後、沖屋の部屋で待っていた隆之は、仕事から帰ってきた沖屋に脩学館からの通知を見せた。

「あ、そう」

あれだけ気にしていたくせに、表面上はそっけなく沖屋は頷く。だけど内心は喜んでくれているのがわかるので、隆之は気にしなかった。

「だからというわけじゃないんですが、今夜は外に食事に行きませんか。奢ってくれとは言いませんから」

「いいよ」

答えて、沖屋は立ったままメールボックスから持ってきた郵便物を選《よ》り分け始めた。ダイレクトメールをゴミ箱に放り込んでいく手が、ふと止まる。

「――」

息を吸う小さな音が、聞こえたような気がした。

「どうかしましたか」

「……」

沖屋は答えない。手にしているのはごく普通の絵ハガキで、向かいに立った隆之に見える側には森林の中に建つ別荘風の建物の写真が印刷されていた。ワイン色の屋根の、趣《おもむき》のある瀟洒《しょうしゃ》な建物だ。

「沖屋さん？」

「……長野、か」

呆然とした様子で前髪をかき上げて、沖屋はぼそりと呟いた。力が抜けたようにソファに腰を落とす。隆之の存在をしばし忘れてしまっているみたいだった。

「長野？　ちょっと待って――沖屋さん、それって、あの、昔の…」

隆之は慌てて詰め寄った。ようやく存在を思い出したらしく、沖屋は目を上げて意味ありげに隆之をじっと見つめた。

「……オーベルジュ」

「は？」

耳慣れない単語に、何を言われたのかわからなくて隆之は瞬きをした。

「宿泊施設付きのレストラン、ってやつだな。ゆっくり食事をして、そのまま泊まれるっていう」

「それが……？」

沖屋はソファの背もたれに身を預けた。目はハガキを見つめたままだ。

「オープンしたんだとよ。長野に。……そういえば、もしも政治家にならなかったら料理人になりたかった、って言ってたことがあったな……。あいつ、調理師免許も持ってたしな」

ふっと焦点をなくした視線の先が、どこか遠いところに向かっていた。

「えーと……つまり、沖屋さんの昔の恋人が、レストランをオープンしたってことですか？」

「オーベルジュ」

「どっちだっていいですよ」

「出版社に勤めるなら、言葉は正確に使えよ」

「今そんなことを言わなくてもいいでしょう。とにかくそういうことなんですね？」

沖屋は小さく頷いた。

部屋の中に沈黙が降りる。沖屋はじっとハガキを——たぶん、そこに書かれた文字を通して、自分の中にある遠い場所を見ている。邪魔したいけどできなくて、ぐっと我慢して隆之はそのまま待った。

「……一度遊びに来い、だってさ」

しばらくして、沖屋はぽつりと呟いた。

「そうですか。……でも、よかったですね」

目を上げてちらりと隆之を見る。何も答えず、沖屋はまた視線を落とした。

本当に、よかったと思う。相手が違う人生をすでに歩んでいるなら、これ以上沖屋がとらわれなくてもすむ。

（このまま忘れてくれるといいんだけど）

つられて隆之はしばらく物思いにふけった。それからはっと気づいて、声をあげた。

「えっ、遊びにってつまり、泊まりってことですか？」

「そりゃそうだな。オーベルジュだからな。けっこう山の中みたいだし」

「だめです！　あ、いや、そんな権利はないかもしれないけど……いや、でもありますよね？　俺が行かないでくださいって言うの、あたりまえですよね？」

「遊びに行くだけだぜ。あいつのメシは美味《うま》いし」

すでにいつも通りの、皮肉で冷たい恋人の顔に戻って、沖屋はハガキをひらりと振った。

「嘘つかなきゃいいんだろ？」

隆之はうっと言葉を詰まらせた。

「……どうしても行くなら、俺も一緒に行きます」

「好きにすれば」

ベッドの中ではあんなに甘いくせに、年上の人はやっぱり手ごわい。

「とりあえず、食事に行きましょう」

隆之はため息を落として言った。沖屋も頷いて、ハガキをテーブルに置いて立ち上がる。先に立って玄関に向かう背中を見ているうちに、ふと気づいて隆之は声をかけた。

「沖屋さん、その人、調理師免許持ってたって……つまり、昔からすごく料理がうまいんですね?」

「ああ。あいつもおまえと同じで、やたらと俺にメシ食わせたがってたからな」

「食生活がいいかげんだから気になるんですよ。でも、ってことは……俺のまずいメシ、よく食べられましたね!?」

「ああ」

沖屋はおかしそうに吹き出した。玄関に下りて、靴を履きながらこちらを振り返る。肩が笑いで震えていた。

「最初の頃はよく失敗してたよなあ。これ人間の食うものなのかって思ったけど」

「うわ…」

しゃがみ込んでしまいたい気分で、隆之はひたいを押さえた。

「文句言ってくれればよかったのに……。俺、もしかして沖屋さんって味オンチなのかなって思ってて」

「だって、おまえがやけに一生懸命作ってるからさ」

さらりと言って、それからすぐに失敗したという顔で沖屋は顔を背けた。

ほんのりとかすかに、耳朶が赤く染まっている。

「……沖屋さん」

「別に俺はグルメじゃねえからな。それだけだ」

（こういう人だから）

抑えきれない笑みが浮かぶ。

なんでも言うことを聞きたくなるのだ。

「俺、料理もがんばります。努力しますから、見捨てないでくださいね」

こちらに背を向けている肩をふわりと抱く。恋人は腕の中で振り返った。間近で目を合わせるときつい瞳がふっとゆるんで、陽射しに溶ける雪のように、ゆっくりと微笑った。

# 花束抱いて迎えにこいよ

この人の毒舌は子供用の風邪薬《かぜ》のシロップみたいだ、と隆之《たかゆき》は年上の恋人について思う。苦くて甘くて、身体の奥でジンと効いて俺を熱くする。

もしかして俺はすごく間の悪い男なのかもしれない。野菜の覗《のぞ》くスーパーのポリ袋の持ち手を握りしめて、水梨《みずなし》隆之はひそかに唾《つば》を飲んだ。

「つかさ、EDなんてオブラートに包んだって、要は不能ってことだろ？　不可能。できないってことだ」

聞こえてくる声は遠慮がなく歯切れがいい。言われているのが自分じゃなくても、思わず心臓の痛くなるセリフだ。男なら誰だってそうに違いない。

「別にできなくたって、人間として駄目だとはまったく思わねえけどさ。でも俺とあんたの間でそれが不可能になったら、いったい何が残るんだよ？」

たっぷりと効果的に間をおいてから、声は言った。

「なんにもねえよ」

「そ…そんなことはないだろう」

もうひとつの声がうろたえながら反論する。壁に背中をつけていた隆之は、振り返ってちらりとそちらを覗いた。

明かりが灯《とも》ったマンションの廊下。二つ先のドアが開いていて、二人の男が立ち話をしている。誰が通るかわからない場所でするにはあまりにもデリケートな内容だが、今のところ周囲に人影はなかった。エレベーターを出たところで彼らに気がついて、ホールに身を引っ込めた隆之以外には。

「君と僕はいい関係を保っていたじゃないか。二人でずいぶんいろんな話をした。君は僕の話に興味を示してくれただろう?」

廊下側に立って熱弁をふるっているのは、濃紺のスーツを隙《すき》なく着こなしてメタルフレームの眼鏡をかけた、スクエアな印象の男だった。インテリを形にしたような風貌《ふうぼう》をしているが、身振り手振りが派手なのが欧米人みたいだ。

相対する男は、ドアを手で押さえながら冷ややかに返した。

「そりゃ、あんたが経産省の人間だからだろ」

隆之はぎゅっと眉《まゆ》をひそめた。肩書きを自慢にしている人間だって、面と向かって肩書きにしか興味がないと言われたら、さすがに傷つくんじゃないだろうか。

「俺だって政財界にまるきり無関心ってわけでもないからな。あんたと話をするのは嫌いじゃなかった」

「そうだろう。君は頭の回転が速くて驚くほど博識で、君との会話はとても刺激的だった。これまでつきあった中で、君ほど話の合う相手はいなかったよ。正直、意外だった」

「身体が目当てで声をかけたのになあ?」

ドアの内側の男は笑った。

見なくても、わかる。目の前に思い浮かべられる。さわると切れそうな、冷たく整った美貌。その片方の口角をきゅっと吊《つ》り上げた意地の悪い笑み。あれは刺さると痛いんだ、と隆之は思った。

だけど癖になる。

「でもそれはお互い様だ。俺にとってだってあんたはまずセックスの相手で、経産省なんて二の次だった。だからさ、そこが駄目になったんなら、わざわざ会う意味はねえんだよ。経済の話なんて、銀座《ぎんざ》のホステスとだってできるしな」

「だ…だけど僕だってずっとこのままじゃないし、身体から始まった関係でも、後から何かが育つってこともあるだろう!?」

両手を広げて必死に言いつのるインテリ眼鏡に、男はひらひらと片手を振った。

「ああムリムリ。俺とあんたの間で育《はぐく》むものなんて存在しないね。時間の無駄だ。俺は無駄なことはしない主義なんだ」

「統《みつる》……どうしてわかってくれないんだ」

インテリは、今度はくしゃりと泣き出しそうに顔を歪《ゆが》めた。クールな外見に反して意外に中身の揺れ幅が大きそうな男だ。

「君が好きなんだ。やっぱり君のことが忘れられない」

ドアを押さえている手に手を重ねて、もう片方の腕を腰に回して引き寄せようとする。

し返した。

隆之はつい身を乗り出しそうになった。が、ドアの内側の男は、ぐっとインテリの胸を押し返した。

「悪いけど、俺はあんたのことはもう忘れた」

……他人事《ひとごと》ながら、容赦《ようしゃ》のなさに胸が痛む。

「あんたとよりを戻すつもりはまったくない。もうこれきりにしてくれ」

「統」

「二度とここへ来るな。今度来たら、あんたの上司に電話をかけるぜ。つきまとわれて迷惑してるって」

「そっ…んな…」

インテリは絶句した。省庁に勤める身でそんな電話をかけられては、場合によっては命取りになるだろう。

（まあ、沖屋《おきや》さんも本気でやるつもりじゃないだろうけど）

思った通り、ドアの内側の男――沖屋は、重ねられた手をゆっくりと引き剥《は》がすと、その手をやわらかく包んだ。氷でできていそうな顔に、今だけ溶けたような笑みを乗せる。

「俺だって、そんなことはしたくないんだ。あんたとのセックスは悪くなかった。よかったって言ってもいい。俺はあんたが嫌いじゃなかったよ。だから綺麗《きれい》に終わろうぜ」

「……統」

握っていた手を離す。ドアを閉める瞬間、沖屋はこれ以上ないくらい綺麗に、すぱりと断ち切るナイフの鮮やかさで笑った。

「さよなら」


同情している場合じゃない。

買い込んできた食材をテーブルに並べながら、隆之はどうにも気持ちが低いところへ流れていくのを止められなかった。

「なあ。今日のメシ、何？」

後ろからシャツの腕がからみついてくる。身長は隆之の方が少し高い程度で、背中と胸、腰までがぴたりと密着した。無意識なのか計算なのか、この人は案外こういう〝恋人のしぐさ〟が上手だ。

「アジの塩焼きとじゃがいものそぼろ煮と小松菜のおひたしです」

「へえ。和食か」

「ええ。なんか魚が食いたくなって。少し待ってもらってもいいですか」

「いいよ。なんか手伝うか？」

「いいえ。ビールでも飲んでてください」

「……」

首に巻かれた腕が離れていかない。そのままの姿勢で、沖屋は隆之の耳元で囁《ささや》いた。

「おまえ、さっき隠れて聞いてただろう」

「えっ」

思わず振り返ってしまった。唇が触れそうなくらいの間近で、沖屋が皮肉に微笑《わら》う。

「スーパーの袋が壁の向こうから覗いてたぜ」

「……すみません」

「いや。隠れてくれて助かった。ばったり鉢あわせしても面倒だからな」

〝面倒〟のひとことで片づけて、沖屋はすっと腕を話した。冷蔵庫の扉を開けて、缶ビールを取り出す。

「でも、エレベーターの前にいたんだったら、あいつと顔を合わせたんじゃないのか」

「……はい」

合わせたのだ。しかも相手は隆之がどうしてそんなところに立っていたのかを、瞬時に正確に理解した。

知的さを演出する細いフレームの眼鏡越しに、スーツ姿にポリ袋を下げて立っている隆之を上から下まで眺め回す。そして苦々しげに顔を背けて、呟《つぶや》いた。たぶんわざと聞こえるように。

「今度は年下か。統の奴……」

隆之は何も返せなかった。直接対決をすることもなく、経産省の男は隆之の横を通り過ぎ、エレベーターの中に消えた。

隆之の恋人、沖屋統は七歳年上の男だ。初めて身体を合わせた時、隆之は沖屋が勤める出版社のバイト学生だった。あれから二年近くがたち、隆之も別の出版社に就職して社会人という身分は同じになったが、それでいきなり対等になるわけでもない。

(歳の差なんて、同じ社会人になっちゃえばたいしたことないって思ってたんだけどだけど年下は年下だ。一生、死ぬまで年下だ。

「あいつ、おまえになんか言ってたか?」

「いえ。何も」

「ふうん。これでようやく諦《あきら》めてくれたかな」

隆之がアルバイトの大学生だった当時、沖屋には四人のセフレがいたらしい。それがいっぺんに駄目になったと彼が拗《す》ねていたのが、そもそもの始まりだったのだが——

(でも今は、俺が恋人だ)

ピーラーを使ってじゃがいもの皮を剥《む》く。ほとんど料理をしない沖屋がピーラーなんて代物《しろもの》を持っているわけもなく、これはこの部屋でまめに料理をするようになって隆之が買い揃《そろ》えた道具のひとつだ。

『今度は年下か』

「……」

つい思い出してしまって、皮を剥く手が止まった。わざわざ傷つくなんて相手の思うツボだと思う。

経産省に勤める男は、沖屋のかつてのセフレの一人だった。それが聞いたところによるとストレスか何かで勃《た》たなくなったのだという。怒った沖屋が部屋を叩き出したのが、隆之が沖屋と関係を持ったきっかけだった。ところが終わったはずの男は、頻繁《ひんぱん》に姿を現して復縁を迫るようになった。

「経産省の不能男がストーカーになっちまって」

と沖屋は言っていたものだ。身も蓋《ふた》もない。

無言電話や嫌がらせがあったわけではないが、元セフレにつきまとわれることに嫌気が差した沖屋は、いきなり潔く引越しをしてしまった。以降、音沙汰《おとさた》はなかったのだが、最近になってまた姿を見せるようになった。どこかから新しい住所が漏れたんだろうと沖屋は言う。

「忘れようとしたけど忘れられないってさ。意外に見た目より暑苦しい奴だったよな」

そんな文句は聞いていたし、隆之が沖屋の部屋にいる時に電話がかかってきたこともあった。が、件《くだん》の経産省男の顔をしっかり見たのは、隆之は今日が初めてだった。

思ったよりも、いい男だった。少し神経質そうだが充分に整った顔立ちをしていたし、いかにも仕事のできるビジネスマンの雰囲気を漂わせていた。数ある省庁の中でも経済産業省なら、文句のつけようのないエリートだ。女性の目から見たら結婚相手としてのランクは高いだろう。

それを、ああも容赦なく切り捨てるとは。

「……けっこう、最後は優しくふるんですね」

できるだけ嫌味に聞こえないように気をつけて、隆之は言った。沖屋はシンクの隣で細い首を反らせてビールを飲んでいる。

「そりゃ、刺されでもしたらかなわないからな」

濡《ぬ》れた唇の端を、沖屋はキュッと親指で拭《ぬぐ》った。

「ああいうタイプは思いつめると怖い」

「……」

「俺、リビングで仕事してるから、できたら呼んで」

あっさり言って、沖屋はビール缶を持ってキッチンを出ていった。すでに気持ちは切り替わっているらしい。いや、そもそも一グラムたりとも残っていなかったんだろう。

隆之の方は、よけいなことばかり考えてしまって調理中にミスを連発した。なんとかできあがった夕食をテーブルに並べて、声をかける。沖屋はソファに座ってノートパソコンをひらいていた。

彼が編集長を務める雑誌編集部でバイトをしていた隆之は知っているが、沖屋はかなりのワーカホリックだ。要領が悪くて家に仕事を持ち帰るのではなく、畑違いの分野にまで広く情報網を張り巡らせたり、完璧なまでに仕事を突きつめようとするので、自然に仕事量が多くなる。そしてやっただけの成果を上げているので、社内での彼の評価は高かった。

……毒舌で恐れられてもいたが。

「すみません。アジ、ちょっと焦《こ》がしちまいました。目を離しちゃって」

「大丈夫だろ」

向かいあってダイニングテーブルにつく。沖屋は気にする様子もなく、尾が黒く焦げて焼き色がつきすぎた塩焼きを口に運んだ。隆之はそぼろ煮のじゃがいもをひと口食べてみた。悪くはないが、いまいち味がよく沁《し》みていないかなと思った。そぼろ煮は少し煮崩れたくらいがおいしいのだけど。

料理をするようになったのは沖屋とつきあい始めてからだが、最初はもっとひどいものを作っていた。食生活がいいかげんな沖屋のために奮闘して、そこそこましなものが作れるようになったのだ。が、就職して忙しくなってしまい、このところ外食が多かった。それで勘が鈍ってしまったらしい。

「今度作る時は気をつけます」

神妙に言うと、二本目の缶ビールを唇にあてていた沖屋は軽く瞬《まばた》きをした。酒呑《の》みな人なので、白飯は食べずにおかずだけを口にしている。

「別に、うまいよ。やっぱり家で食うのはいいよな。ここんとこ雑誌と単行本の進行が重なってたから、ずっと会社でメシだったし」

慰《なぐさ》めてくれているらしい。自分にも他人にも厳しい人が、仕事相手以外に気を遣うのはめずらしかった。自分にだけだろうかと思うと、少し気分が浮上する。

（あやされてるのかもしれないけど）

「月刊誌なのに、単行本も重なると大変ですよね」

「まあ、うちは人数少ないからな。おまえんとこみたいに雑誌と単行本で担当分かれねえし。そっちは？　忙しいのか。明日は休日出勤の予定は？」

「今のところありません」

「ふうん。……じゃ、泊まっていくか？」

頬杖《ほおづえ》をついて上目遣いで訊《き》いてくるのは、反則なんじゃないかと思う。そのつもりで来ているってわかっているくせに。

「沖屋さんがよければ」

「俺はいいけど、おまえは気にしてるんじゃないのか」

「え？」

「経産省」

「……」

「そういう顔してるぜ」

隆之は頬に手をあてて顔を背けた。そんなに自分は嫉妬《しっと》丸出しの、みっともない顔をしているんだろうか。

「……すごく、エリートな感じの人でしたね」

（やめろ。格好悪い）

「まあ、あれエリートだからな。キャリアだし」

沖屋はあくまでそっけない。

「顔だって悪くなかった」

「やっぱりセフレでも顔がそこそこ好みじゃねえとなあ。会った瞬間に電気消すわけにもいかないし」

そういえば、隆之がセフレ相手に立候補した時も、この人は「顔は嫌いじゃないな」と言っていた。基本的に面食いなのかもしれない。セフレは全員おまえより金も地位もある、と言われたこともあった。

隆之は食事の手を止めて、「俺もビールもらってもいいですか」と席を立った。どうぞと言われビール缶を持って椅子《いす》に戻り、一気に半分ほど呷《あお》る。冷たい液体が喉《のど》と食道を冷やし、胃に納まると今度は体温が少し上がった。その勢いを借りて、拳《こぶし》で口をぐいと拭って、隆之は言った。

「沖屋さんの理想の相手ってどういうのですか」

「ああ？」

沖屋は大きく眉を持ち上げた。

「どういう相手だったら、一生その人だけでもいいって思うんですか」

「……」

沈黙が気まずくて、またビールを呷った。沖屋は答えない。多情だと責めているように聞こえたのかもしれない。怒らせたかなとふと見ると、頬杖をついてにやにや笑っている顔とぶつかった。

隆之は思わずこくりと喉仏を上下させた。この人は意地の悪そうな顔が嫌になるくらい魅力的だと、何度も思った埒《らち》もないことをまた思う。

「そうだな」

ビールで唇を湿してから、沖屋は口をひらいた。舌の先が覗いて、薄い唇をちらりと舐める。

「極上の男が花束抱いてプロポーズしてきたら、一生繋《つな》がれてやってもいいぜ」

極上の男。

返す言葉がなくなった。テーブルの上に視線を落としていると、向かいでカタンと音がして、沖屋が席を立ってこちらに来た。背中から覆い被《かぶ》さって、隆之が持っていたビール缶を奪う。耳の上でそれを飲み下すごくりと生々しい音がした。

「嫉妬してるのか。水梨はかわいいな」

「……嫉妬くらいします」

「心配しなくても、今はおまえだけだって」

後ろから指が甘く髪をかき乱し、耳朶《みみたぶ》に唇が触れた。チュ、と内耳を震わす音を立てて、そこに口づけられる。ぴくりと指先が浮いた。

隆之は椅子の上で体をねじって、後ろに立つ人に手を伸ばした。髪が指に触れる。ビー

ルの苦みが残る唇に、噛《か》みつくようにキスをした。

犬の子みたいに愛さないで欲しい。

「…ん、っ…」

椅子を蹴飛《けと》ばして立ち上がり、きつく抱きしめて唇を貪《むさぼ》る。沖屋が手探りでビール缶をテーブルに置く音がした。舌をからませると、八割応えて二割かわす絶妙さで、濡れた舌がこちらの理性を引っかき回す。

「……沖屋さん」

唇を触れさせたまま吐息混じりに名前を呼ぶと、睫毛《まつげ》の長い、かすかに潤《うる》んだ目がとろりと笑んだ。隆之は目を細めてその顔を見つめる。青耀社《せいようしゃ》のやり手編集長は、外では絶対にこんな顔はしないだろう。

だけど。

割れた小さなガラス片を踏んだような、微細な痛みがひっかかる。

『今はおまえだけだって』

——今は。


「……は」

中で果ててずるりと引き出し、沖屋の上に倒れ伏した。

「……重い」

「すみません」

手を動かすのも面倒そうに言われて、隆之は肘《ひじ》をついて体を起こした。ゴムを取りはずして口を縛り、ティッシュで包んでゴミ箱に捨てる。沖屋の隣に仰向けになると、開いた窓からの風が火照《ほて》った肌を気持ちよく撫《な》でた。

「ビール飲みますか？」

目を閉じたままの沖屋から「飲む」と返ってきたので、隆之は下着だけ身につけてキッチンに立った。冷蔵庫の前で立ったままミネラルウォーターを飲み、缶ビールを手に寝室に戻る。ベッドに座ってプルタブを引いて手渡すと、受け取った沖屋はうつぶせのまま喉を鳴らして飲んだ。

反らせた首から背中のラインを、目で愛撫《あいぶ》する。この人に出会う前は、同性相手にこんなふうにずぶずぶと嵌《は》まる自分を想像したこともなかった。ついでに言えば、年上の恋人に尽くす自分も想定外だ。でもそれがちっとも嫌じゃないのだから、人生なんてどこでどう転ぶかわからないものだと思う。

「そういや、おまえ今日どうだった？」

背中に見惚《みと》れていて、返答が遅れた。「は？」と間抜けに訊き返すと、沖屋はだるそうに半身を起こして隆之と向かいあった。

「初担当作家と初顔あわせだって、昨日電話で言ってただろ」

「ああ…」

呟いて、隆之は顔を逸《そ》らした。

ふと気づいて、沖屋の裸の肩にタオルケットをかける。梅雨《つゆ》入りのニュースが嘘のような晴れた一日だったが、夜はまだそれほど気温が上がらなかった。

今年の春に大学を卒業した隆之は、業界では三大大手と呼ばれる出版社のうちのひとつ、脩学館《しゅうがくかん》に入社した。多岐《たき》にわたる雑誌・書籍出版やその他のコンテンツ事業を展開している歴史の古い出版社だ。入社後一か月の社内研修を経て隆之が配属されたのは、文芸作品の単行本を担当する書籍第一編集部だった。

小説の編集を志望していたので、希望通りの配属は嬉《うれ》しかった。だが配属されてすぐに担当作家を持つことはなく、しばらくは先輩社員の補佐について仕事の進め方を勉強していた。そうして六週間ばかりが過ぎた頃、隆之は編集長のデスクに呼ばれた。

「水梨くんは、あれだよねえ。学生の時、小説誌の編集部でアルバイトしてたんだよね」

置物のたぬきを思わせる一見人のよさそうな編集長は、その実けっこう食わせ者だと先輩社員が耳打ちしてくれたことがあった。

「はい」

「じゃあ実務はやりながら覚えるとして、どう、ひとつ担当持ってみる?」

「え、いいんですか」

「うんうん。ほら、君若いからねえ。若い人材は貴重だし」

「はあ」

編集長はにこにこしながら何度も頷《うなず》いていた。それで前担当と一緒にその作家の元へ挨《あい》拶《さつ》に訪れたのが、今日の午後のことだ。

『へえ。担当を持つことになったのか。よかったじゃねえか。まあこれからだよな、作家に泣かされるのは』

昨夜の電話で、沖屋はおもしろそうにそう言っていた。泣かされているのは作家の方じゃないだろうか、とその時隆之は思った。

沖屋の勤める青耀社は、脩学館に比べると規模の小さな出版社だ。沖屋はそこで『檻《おり》の中』という月刊小説誌の編集長を務めている。『檻の中』は男性向けの官能小説誌――つまりエロ小説誌だ。沖屋が編集長に就任して以来売れ行きは好調で、エロにとどまらず一般向けにもヒットを出すなど業績を上げている。

会社のランクで言えば脩学館の方が上だが、虎の威《い》を借《か》る性格でもないし、要はそこで個人が何をやるかだと隆之は思っているので、沖屋は隆之にとってキャリアも実績もはるか上の先輩だった。今の自分は、沖屋の足元にも及ばないと思う。

「会って、挨拶してきましたよ」

少し肌寒くなってきたので、部屋に置かせてもらっているTシャツを着た。沖屋は一仕事終えた顔でうまそうにビールを飲みながら、「それで?」と促《うなが》してくる。

恋人相手に弱音や愚痴《ぐち》を吐くような真似《まね》はしたくなかった。だけど強烈じゃないのにじんわりくるダメージが重なっていたせいか、つい口からこぼれ出た。

「開口一番、『新人?』って嫌そうに言われました」

「ふふん」

沖屋は顎《あご》をわずかに反らせた。機嫌のいい猫のように細めた目に、からかう笑みが浮かんでいる。

「男と女、どっちだ?」

「女性です」

「女性作家か。おまえ、うちでもイラストレーターの卯月《うづき》先生に気に入られてたじゃねえか。年下男のツバメ路線で行けよ。頼りなさげに甘えてみせてさ」

「やめてくださいよ……」

隆之は大げさにため息を落とした。冗談にならなそうだから嫌なのだ。

「なんて作家だ?」

「雛川咲《ひながわさき》です」

「へえ」

沖屋は意味ありげに眉を大きく持ち上げた。

「美人だな」

「そうですね」

「でも、書くものは悪くない。むらがあるけど」

「あ、沖屋さんもそう思いますか？　俺、担当決まって初めて本読んだんですが、意外におもしろかった」

「意外にってなんだ。雛川咲はけっこうキャリアあるだろ。おまえ、今までまったく読んだことなかったのか？」

「あー、そうですね……」

　隆之は居心地悪く髪の中に手を突っ込んだ。出版社に就職するくらいだから本は読む方だが、元新聞記者で現在編集者の沖屋に読書量はとうていかなわない。沖屋は読むスピードが速い上に乱読で、驚くほど多ジャンルに渡る本を読み漁《あさ》っている。そのわりに部屋の中も本棚も片づいているが、読むのと処分するのが同じスピードらしい。

「なんていうか、女優が書いたタレント本ってイメージがあって」

　言い訳めいた口調になった。雛川咲は作家兼女優として知られている。世間的には、どちらかというと女優兼作家かもしれなかった。

「雛川咲は作家が先だぜ。二十歳《はたち》かそこらの女子大生の時に処女作を出してる。まったく売れなかったけどな。そのあとルックスがもてはやされて、タレントもやるようになったんだ」

「みたいですね。俺も今回初めて知りました。その処女作、今と作風がだいぶ違ってますよね。路線変更したのかな」

雛川咲はぱっと目を惹《ひ》くタイプの都会的な美女だ。その作品も、クールな筆致が売りのお洒落《しゃれ》な恋愛小説だった。同世代の女性をターゲットにしているんだろう。だが処女作はそれとはがらりと違って、良く言えばセンシティブな、悪く言えば地味でひとりよがりな内容だった。

「今の作風の方が売れてるみたいだからな」

「俺、あの作品、けっこう好きでしたけど……」

「稚拙《ちせつ》でひとりよがりだけど、悪くはなかった。でも、ここ最近はひどいスランプだって噂《うわさ》を聞いてるな」

頷きながら、隆之は内心で舌を巻いた。沖屋は人脈もあるし、さすがに情報収集能力が高い。

「しかし、雛川咲の担当か。そりゃおまえ…」

今にも吹き出しそうに口の端を震わせる。隆之はさっと片手を挙げて遮った。

「言わないでください。何を言われるのかわかる気がしますから」

「脩学館もやるじゃねえか。なかなかおもしろい人選だよな。ま、せいぜいがんばれば？」

憎らしいほど綺麗な顔で、沖屋は皮肉に唇を曲げて笑った。これを憎らしいと思えれば、多少は楽なのだが。

「もうその話はいいです」

隆之はベッドの上で場所を移動して、沖屋の背後に回った。細身の体を、後ろからタオルケットごとすっぽりと抱き竦《すく》める。少しぱさついた感触の茶色い髪にキスをした。

「二人とも仕事のない週末ってひさしぶりなんですよ。もっと甘い話をしましょう。俺はあなたといちゃいちゃしたいんです」

少し間があってから、腕の中で呆《あき》れたように沖屋が言いかけた。

「おまえさ、そういうところが…」

「もう。いいから黙ってください」

沖屋の手からビールを奪ってひと口含んで、こちらを向かせて重ねた唇の中に流し込んだ。経産省の男も美人女優作家も、今は寝室から追い出してしまいたい。

(この人は俺だけのものだ)

そんな実感、持てる時間はそれほど多くない。

うなじの髪をかきわけて、そこにもキスを落とす。本当は痕《あと》をつけてしまいたいけど怒られるので、せめて隙間のないくらい唇と舌で味わいたかった。

「……雛川咲か……」

うわの空の声音で沖屋が呟いたが、聞かないふりをした。仕事のことは忘れて目を閉じて、隆之は全神経を恋人に集中した。

——これは編集者の仕事なんだろうか。

眼前の光景を呆然《ぼうぜん》と見上げながら、隆之は何をどうすればいいのかさっぱりわからずにいた。

「あなたさ、プライドってものはないの？　いつまで未練がましくつきまとうつもりなのよ」

別に隆之に向かって吐かれたセリフではない。でも、同じくらいいたたまれなかった。

「咲」

「咲なんてなれなれしく呼ばないで。あたしとあなたはもう他人なんだから」

打ちあわせを兼ねた接待——のつもりだった。場所は新宿《しんじゅく》のリストランテ。女性誌の編集部に配属になった同期に教えを乞《こ》い、女性受けのいいイタリアンの店を選んだ。

担当を持つにあたって、隆之は雛川咲のこれまでの著作だけではなく、様々な雑誌に過去に載ったインタビューや対談などの記事にもできるだけ目を通した。週刊誌やファッション誌、若い男性向けの情報誌もあった。女優だけあって、普通の作家とは違う場所での露出が多い。

どの雑誌のどの写真でも、雛川咲は綺麗にメイクして魅力的な表情を浮かべていた。濃いめのアイラインが映える、凛《りん》とした目元。つんと高い鼻。目元の印象を裏切る、小作りだけどふっくらした唇。セックスアピールのある顔立ちだと客観的に思う。女性にしては背が高く、スタイルもよかった。

今日の咲は、すっきりした白いシャツに黒いパンツという地味なスタイルで、実用的な眼鏡をかけていた。化粧も薄い。外では帽子を被っていて、休日のキャリアウーマンといった雰囲気であまり目立たなかった。

それでも美人には違いないし、よく顔を見れば女優の雛川咲だということはすぐにわかる。だが個室のある店にしましょうかと尋ねた隆之に、咲は「仕事なんだから堂々としてたらいいじゃないの」とまったく取りあわなかった。

そして今、この修羅場になっているわけだが。

「だいたい浮気をしたのはあなたの方でしょ？　でももう面倒だから後腐れなしに別れてあげるって言ってるんじゃないの。これ以上、なんの文句があるのよ」

「咲。違うんだ。オレが悪かった。本当に反省している。もう一度やり直したいんだ」

「あたし、やり直したいって言葉嫌いなのよ。恋も人生も一回きりじゃないの。その覚悟がないんなら引っ込んでて欲しいわ」

冷たく言い放つ美人と、取りすがる男。こういう図式をつい最近も見たな、と隆之は逃げ出したくなりながら思った。

（この人、沖屋さんと気が合うかも）

雛川咲は現在二十九歳のはずだ。その年齢で二回の結婚歴があり、現在、二回目の結婚が破綻《はたん》したところらしい。

情報収集のために訪れた女性誌編集部で、隆之は同期の女の子から咲についての様々な世評を聞いた。いわく、男が途切れない。いったん惚《ほ》れるとのめり込むが、飽きるとばっさり切り捨てる。花から花へ飛び移る蝶《ちょう》のような、恋多き女。

「端的に言えば、男好きってことね」

隆之の前に担当だった先輩社員からは、こう忠告された。

「あの人は恋愛のアップダウンがもろに作品に影響しちゃうんだよな。ハイテンションな時はいいもの書くんだけど、私生活がぐだぐだになっちゃうとだめでさ。水梨くん、そこんとこうまくコントロールできるようがんばってみてよ」

（コントロールと言われても……）

所在なく目の前の男女を見上げる。隆之は座ったままだが、咲は立ち上がって男と向きあっていた。

男が来る前は、それでも仕事の話をしていたのだ。初対面の日こそ新人編集者に難色を示していたが、今日の彼女はそこまで機嫌は悪くなかった。雛川咲は脩学館で書き下ろしの単行本を書くことが決まっている。その仕事を隆之は引き継いだわけだが、当の咲は「絶賛スランプ中」だとかで、まったく筆が乗らないらしい。それを食事とワインで気分をほぐしながら、これまでの作品の話をしたり、どんなものを書きたいかを探ったりと、隆之は四苦八苦していた。そこに、咲の携帯電話が鳴った。

咲は席を立つことなくその場で話し始めた。自分が席をはずすべきかと考えていると、彼女は電話の向こうと言い争いを始めてしまった。相手が旦那《だんな》らしいというのはすぐにわかったが、もしかしてこの人はひどく酔っ払っているんじゃないかと隆之が気づいた時には、すでに遅かった。はっと気がつくと、ボトルで頼んだワインはほとんどが咲の胃の中に消えていた。

相手はたまたま近くにいたらしい。咲は旦那を「今すぐここに来なさいよ」と呼びつけた。そして、うろたえる隆之の前で派手に喧嘩《けんか》を始めたのだ。

（これ、仲裁するのも仕事のうちなのか？）

周りの客が何事かとざわついている。「あれ、雛川咲だよ」という声も多数聞こえた。個室にしなかった、もしくはワインを飲ませすぎた自分の失敗かと、隆之は頭を抱えたくなった。

「とにかく、これが最後通牒《つうちょう》よ。二度とあたしに顔を見せないで。すぐに離婚届を送るから、サインして役所に提出して。わかったわね？」

「咲……」

男は哀れっぽく咲を見た。なんとなくマザコンそうな男だなと傍観者のスタンスで考えていると、男の視線がいきなりこちらを向いた。

「そいつは新しい男か？」

（えっ）

隆之は内心で飛び上がった。

「そうなんだな。だからオレがこんなに謝っても、聞いてくれないんだな。おまえはさっさと新しい男と…」

「ちっ、違います。僕はへん――」

言葉が口の中でひっくり返った。慌《あわ》てて立ち上がった隆之に、咲ががばっと抱きついてきたのだ。

「そうよ。新しい恋人なの。今度は年下よ。かわいいでしょ」

「ひ、ながわさんっ」

「わかったらさっさと行ってよ。あんたからの電話にはもう出ないから」

ばさりと髪をかき上げ、咲は冷たく言い放った。

「――さよなら」

こちらの美人も、さよならを言う時は切れ味がいい。隆之を睨《にら》みつける男の顔から血の気が引いた。無言でくるりと踵《きびす》を返して、男は突進する勢いで店から出ていった。

「……雛川さん」

隆之は力なく椅子に腰を落とした。ざわつく周囲の視線が痛い。席に戻った咲は、周りにはまったくかまわず威勢よく赤ワインを呷った。

「いいのよ。清々《せいせい》したわ」

「よくないですよ。週刊誌とかに変なふうに書かれたらどうするんですか」

「大丈夫よ。慣れてるから」

隆之はため息をついた。鼻先であしらわれていると思う。

恋愛体質で気性にむらがある咲は、編集部内ではなかなか扱いにくいとされていた。その咲の担当に新米の自分が任命されたのは、若い男をつけてなだめつつ仕事をさせようという魂胆に違いない。

（俺、まだなんの力もないしな）

こういう作家と仕事をすることになったら、あの人だったらどうするだろう。隆之は脳裏に恋人の仕事の時の姿を思い出した。

すると、喉の奥で軽く息を転がす、聞き覚えのある笑い声が背後でした。

「水梨」

考えていたことが実体化したかと、隆之は椅子に火がついたように立ち上がった。

「沖屋さん！」

「あら、お知りあい？」

沖屋はリストランテのフロアに一人で立って、こちらを見ていた。いつも通りノータイで、軽めの素材のジャケットを着ている。唇に笑みを浮かべてこちらに近づいてきて、咲に向かって一礼した。

「お邪魔してしまってすみません。雛川咲さんですね。作品はいつも拝見しています」

ちらりとこちらに視線をよこす。隆之は慌てて咲に沖屋を紹介した。

「あの、こちら青耀社の沖屋さんです。ええと……学生時代に僕がバイトをしていて」

「青耀社の沖屋です。はじめまして」

内ポケットから名刺入れを取り出して一枚差し出し、沖屋はにっこりと笑った。うわべだけなら俳優並みの、端整な営業用の笑顔だ。咲はかつて結婚した男に対するのとは正反対の態度で、愛想よく挨拶を返した。

「出版社の方なんですね。お一人？　せっかくですから、よかったらお座りになりませんか」

「では遠慮なく」

（なんか変なことになっちゃったな）

隆之は困惑しながら席についた。丸いテーブルを三人で囲む。咲はウエイターを呼んで、追加のワインとグラスを注文した。

「青耀社というと……」

咲が沖屋の名刺をためつすがめつ呟く。ワインのせいか、頬がほんのりピンクになっていた。

「官能小説の方をやっています。最近は一般向けの本も」

アルバイトの面接で初めて沖屋に会った時、官能小説の編集者というイメージとそぐわなくて驚いたものだった。咲も同じなのか、興味深げに沖屋を見ている。

「ああ、去年話題だった本を出したところかしら。賞をとって映画化された、不破《ふわ》明良《あきら》氏の」

「ええ。そこです。あの本は私が担当したんですが」

「そうなんですか。私、読ませていただいたけど、とってもよかったわ。男性ならではの官能があって。それにテレビで拝見しましたが、作者の不破さん、とっても素敵な方で」

ワイングラスを手に、咲はとろんとした目をしている。青耀社で仕事をしている作家の不破明良は、著作が映画化されベストセラーになっていた。隆之もバイト時代に何度か会ったことがある。

「彼は高校の後輩なんです。作品よりは武骨な男ですが、いい奴ですよ。そうだ、よろしかったら今度三人で食事でもいかがですか。きちんと髭《ひげ》を剃《そ》らせますから」

「あら、あの髭がいいんじゃないかしら」

「ああそういう方向で…。では無精髭《ぶしょう》のままでと伝えておきましょう」

沖屋は顔に愛想のいい笑みをぴったりと貼りつけている。咲もにこにこしていた。一人落ち着かず、隆之は膝《ひざ》の上で何度も手を組み替えた。

(なんだこの流れは)

「──失礼」

マナーモードにしていた携帯が着信を知らせたらしかった。沖屋はポケットから出した携帯をちらりと見ると、席を立ってレストルームの方へ歩いていった。

「水梨くん、官能小説誌の編集部でバイトなんかしてたのねえ。あの人、おもしろそうな人じゃない?」

咲はすっかり機嫌が直ったようだ。ワインをお代わりして、料理にも手を伸ばしている。

接待相手を一人にするのもどうかと思ったが、どうしても沖屋と二人で話したくて、隆之はちょっと手洗いへと言い置いて沖屋の後を追った。

「沖屋さん、一人でここへ食事に？」

物陰で電話をしていた沖屋を見つけて、通話を終えたところに声をかけた。沖屋は手の中で小さな携帯を折り畳んで、隆之に振り返る。

「いや。外を通りかかったら、なんか人だかりができてて雛川咲が男ともめてるって聞こえたからさ。若い男がどうのって言ってたから、もしかしておまえがいるかと思って」

そういえば、ここは青耀社から新宿駅への通り道にある。沖屋は仕事帰りらしい。

「そうですか。それで。……でも」

言いよどんだ隆之を、沖屋は携帯を顎にあててわずかに上目遣いで見た。唇に営業用とは違う薄い笑みが浮かんでいる。

「――雛川咲に官能小説を書かせたら、おもしろいと思わねえか？」

「それは…」

「バリバリのエロじゃなくてもいいや。彼女、色気のある文章書くしな。雛川咲は都会的な恋愛小説が売りだけど、一度その枠をはずしていっそ泥臭いくらいのを書いたら、思わぬ掘り出しものが出てくるんじゃないかと思うんだ。話題性もあるしな。おまえが彼女とうまくいったら紹介してもらおうかと思ってたんだが、いい機会だし、顔だけでも繋いどくかと」

「……」

自分はひどく複雑な表情をしていたに違いない。沖屋は出し抜けに腕を伸ばして、隆之のひたいを中指でピンと弾《はじ》いた。

「いてっ」

ひたいを片手で押さえる。デコピンなんて小学生以来で、無防備な箇所にジンジンと響いた。

「おまえの仕事を邪魔する気はねえよ。どこで何を書こうが、作家の自由だろ？」

「それは……そうですけど」

黙ってしまった隆之に、沖屋は「あのな」とめずらしく真面目《まじめ》な——どうかすると優しいくらいの顔をして向き直った。

「おまえはもう学生バイトじゃないんだ。俺とは同業他社のライバルなんだぜ？　仕事なんだから、妙な遠慮や馴《な》れあいはなしで行こうぜ」

（ライバル）

話はすんだとばかりに、沖屋はさっと踵を返して咲のいるテーブルに向かった。ひたいを撫でながら、隆之は鎖で引かれるように後に続いた。

（……俺、情けないな）

言い返せないのは、自分に自信がないからだ。かなうはずがないと思っているからだ。すでに編集部をひとつ任されて成果を上げている沖屋のような人に、ひよっ子の自分が太《た》刀打《ちう》ちできるわけがない。

(若いってだけで担当に選ばれたんだし)

元の席に腰を下ろすと、沖屋と咲は楽しげに会話を交わしていた。テーブルを囲む三角の一点のはずの隆之は、それを聞きながら適当に相槌《あいづち》だけを打った。自分がどんどん後ろ向きな考えになっているのがわかる。今この場に関係ないことまで、頭にちらついた。

経産省のエリートとか、極上の男とか。

「……それなら、静かな森に囲まれたオーベルジュなんてどうですか? 知りあいが長野《ながの》で経営しているんですが」

「——はっ?」

隆之は素《す》っ頓狂《とんきょう》な声をあげた。聞いてはいても通り過ぎるだけだった会話の中から、突然その言葉がくっきりと浮かび上がってきたのだ。

(今、なんて言った?)

「何よ水梨くん、変な声出して」

「いえあの、な、長野って?」

聞いてなかったの? と咲は弓なりに眉を上げた。

「あなたにも言ったけど、今あたし、まったく書く気が起こらないのよ。そしたらこちらの沖屋さんが、環境を変えてみたらどうですかって。それで景色がよくて人があんまりいなくて、ごはんのおいしいところでのんびりしたいって言ったの。でもあたし、田舎ってだめなのよね。不便で」

「それなら高原のオーベルジュはうってつけでしょう。静かで建物は綺麗だし、料理はむろん最高級。そこらの民宿とは違いますよ」

「オーベルジュかあ。いいわねえ」

咲はうっとりと言った。

「よろしければうちでご招待しますよ」

沖屋の笑顔はまったくつけ入る隙がない。咲は隆之と仕事の話をしていた時と違って、ずいぶん乗り気に見えた。隆之は必死で頭を整理しようとした。

(うちも書き下ろしの原稿をもらわないと……いや、それもあるけど、長野のオーベルジュだって?)

「でもあたしに官能小説が書けるかしら」

「まあそれは置いておくにしても、気分転換は必要だと思いますよ。そこは正統派フレンチを少し現代風にアレンジしていて、雑誌にも紹介されて人気のようです。それにオーナーシェフが元政治家のイケメンで」

「あら素敵」

「沖…いっ」

我に返って口を出そうとした隆之は、テーブルの下で弁慶《べんけい》の泣き所を蹴《け》られてぐっと声を呑んだ。さっきのデコピンも痛かったが、けっこう本気で蹴っている。

「それでは話は決まりですね。さっそく手配しましょう。ご予定はいつが空いてますか？」

「そうねえ」

二人は自分を置き去りにして至極友好的な雰囲気で話を進めている。身を乗り出して、隆之は会話に割り込んだ。

「僕も行きます」


——俺は後悔されるのはもう嫌なんだよ……

あんなにつらそうな顔の沖屋を見たのは、後にも先にもあの時だけだ。独占欲なんて、勝手なものだと思う。好きな人につらい顔をさせたくはない。だけどもしそんな顔をするなら、他の誰かじゃ絶対に嫌だった。自分のために傷ついて欲しい。他人のつけた傷じゃ上手に癒《いや》せない気がする。いつまでもどこかに残りそうで、キスマークと同じに他の男の痕なんて見たくない。

沖屋の以前の恋人は、政治家だった。

父親も政治家で、将来有望な若手議員だったらしい。だが彼は選挙のさなかに同性愛者であることをリークされ、否応なしに政治家生命を断たれたという。その時の相手が、沖屋だった。隆之が沖屋と出会うずっと前のことだ。

二人は別れ、以降沖屋は本気の恋愛はしなくなった。それはいったいどのくらいの深さの傷なんだろう、と隆之は思う。傷の深さは、どのくらい好きだったかに正比例するんじゃないだろうか。

選挙に敗れた後、元恋人は消息不明になっていたらしい。その彼から長野でオーベルジュを開店したと連絡が来たのが、少し前のことだ。彼が新しい道を歩んでいると知り、沖屋も過去の傷から解き放たれたはずだ――そう思っていた。いや、思い込もうとしていた。今の今まで。

「……どういうつもりですか」

雛川咲をタクシーに乗せ、隆之と沖屋は新宿駅に向かって雑踏《ざっとう》の中を歩いていた。夜の新宿は色とりどりの看板と光の中、会社の枷《かせ》からはずれたサラリーマンやOL、明るい声をあげる若者たちがひっきりなしに行き交っている。

「どういうって?」

隆之の少し前を歩く沖屋は、携帯をチェックしながら振り返らずに返した。

「長野のオーベルジュなんてどうして……」

会いたいんですか。

訊きたくて、でも訊けなかった。自分よりも薄い、でも遠い背中に追いつくと、沖屋はくるりと振り返った。

「そりゃおまえ、経費削減に決まってんだろ」

隆之は目を瞬《しばたた》かせた。

「は？」

「うちは脩学館みたいな大手と違って、湯水みたいに経費を使うわけにゃいかねえんだよ。前から遊びに来いって何度も誘われてるから、俺の分は当然タダだろ。接待費が浮く」

「……」

平静な顔でつけつけと言う。絶句している間に、沖屋はまたすたすたと歩き始めた。そのそっけない後ろ姿をしばし見つめてから、隆之はアスファルトに向かって吐息をこぼした。

（まったく）

この人はこういう人だ。したたかな顔にいつも惑わされそうになる。どこまでが仕事で、どこまでが強気で、どこから先が本音だろう。恋人になったからといって容易に覗かせてもらえるものじゃない。まして自分みたいな頼りない年下では。

隆之は先を行く沖屋に大股で追いついた。せめて仕事をがんばらないと。場所が気になるけれど、そんなことは言っていられない。

「雛川さんの宿泊費はうちでも出します」

「よし。折半《せっぱん》でいこうぜ」

輝くイルミネーションを背にして、内側の透けて見えない顔で、年上の恋人は笑った。

長野へはレンタカーを借りて行くことになった。出発当日は快晴で、梅雨が明けたばかりのくっきりとした青空が広がっていた。

運転免許は大学に入ってすぐに取得したが、隆之は車を持っていない。それでも実家に帰った時に乗ったり友達の車やレンタカーを借りたりしていたので、なんとか運転の仕方は忘れずにすんでいた。沖屋も車は持っていないが、運転はこなせるらしい。

咲は離婚のゴタゴタのせいか作家業は休業状態のようだが、女優の仕事があるので、そちらをやりくりして休みを取ったらしかった。しかし仕事が押したとかで寝不足の顔で現れ、行程中はずっと後部座席で帽子を顔に載せて眠っていた。

レンタカーは二人で交替で運転した。沖屋は助手席に座っている間、青耀社が行っている新人賞の応募原稿を読んでいた。やっぱり仕事を持ってきている。厚い原稿の束をめくりながら、「読んでも読んでも終わらねえ……」と愚痴をこぼしていた。

なんだか奇妙なドライブだった。沖屋と遠出をするのは初めてだが、仕事で、女性と一緒で、しかも行き先が元恋人のいる長野では、なかなか愉快な気分にはなれない。

目的地は、信州の中でも有数の別荘地だった。

市街地を離れてしばらく走ると、風がひんやりと澄んで緑陰が濃くなってくる。いかにも高原の避暑地らしく、深みのある色をした湖の周りに白樺《しらかば》の林が広がっていた。周辺にはレジャー施設や美術館もあるようだが、肝心のゲストが眠りっぱなしなので、車はまっすぐオーベルジュに向かった。

オーベルジュは、レストランに宿泊施設が付随したものだ。自然の中でゆっくりと食事を楽しむことだけを目的に造られた、贅沢《ぜいたく》な空間。隆之たちが向かう建物は、別荘の集まる辺りから少しはずれた地に静かな森に囲まれて建っていた。

『オーベルジュ　Bell Aventure《ベル・アヴァンテュール》』。それが名称だった。Bell Aventure——美しい冒険。

「わあ」

到着して後部座席の咲を起こすと、咲はまだ目の覚めきっていない顔で億劫《おっくう》そうに這《は》い出てきた。が、建物をひと目見て、感嘆した声をあげた。

「すっごく素敵じゃない」

「売りに出ていたどこかの金持ちの別荘を改装したそうですよ」

説明する沖屋を、隆之は複雑な心境で眺める。ここの予約を取る時、どんな会話を交わしたんだろうと邪推する自分を嫌だなと思った。

別荘だったという通り、さほど大きな建物ではなかった。ワイン色の鋭角的な切妻《きりづま》屋根。ベンチの置かれたポーチ。装飾的な意匠を施《ほどこ》されたチョコレート色の柱や窓枠が白い壁にくっきりしたアクセントを作っている。造りは重厚でほどよく古びていて、こうした観光地によくあるちゃちな西洋レプリカとは一線を画していた。周囲の森の風景にしっくりと溶け込んでいる。視界に他の建物はなく、鳥の声と梢《こずえ》が揺れる音だけが風に乗ってわたっていった。蒸した東京とは別天地だ。

荷物を取り出して隆之がトランクを閉めた時、車の音が聞こえたのか、チョコレート色の一枚板の玄関ドアが開いた。

「統」

——心構えならしていたんだけど。

それでも沖屋の顔に浮かんだ勘違いしようのない笑みを見て、簡単に足元をすくわれて、隆之は動揺した。

抑えようとしているのが却《かえ》って始末の悪い、滲《にじ》み出るような笑顔。

「掛居《かけい》さん。……お久しぶりです」

男と沖屋は双方から近づいて、アプローチの途中で向きあった。男が笑う。自然なしぐさで右手を差し出した。そういう行為がスマートに決まっていた。

政治家だった頃、主婦層に人気だったと聞いたことがある。少し奥目で鼻の高いバタくさく整った顔の持ち主で、立ち居振る舞いが堂々としていて品格があった。だけどくっきりした眉の下の目は親しみやすく笑っている。三十半ばか後半くらいだろうが、どこか屈託のない育ちのよさがほの見えた。女だったら、少年のような笑顔と褒《ほ》め称《たた》えるに違いない。と思うのは嫉妬の為《な》せるわざだろうか。

隣に来た咲が小声で囁いた。

「いい男じゃない。少年のような笑顔がまた」

「……」

「元代議士で現在料理人なんて、異色のプロフィールよねえ。沖屋さんとはどういう知りあいなのか、水梨くん知ってる？」

「……以前の仕事で知りあったらしいですよ。沖屋さん、新聞記者をやっていたそうなので」

「ああそうなの。どうりで切れそうな人だと思った。いい男がいっぱいで嬉しいわ」

咲は楽しげな足取りで二人に近づいていく。隆之はその後に続いた。振り返った沖屋が、片手で示して二人を紹介をした。

「こちらが作家で女優の雛川咲さん。それから、脩学館の水梨くん」

隆之は腰を折って丁寧《ていねい》に一礼した。

「水梨です。よろしくお願いします」

「やあ、いらっしゃいませ。オーナーの掛居です。歓迎します」

掛居は朗らかな笑みを見せた。すっきりした長身をボタンダウンシャツとコットンパンツの軽装で包んでいる。軽く日に焼けているのは何かスポーツでもしているんだろうか。咲がにっこり笑って「お世話になります」と会釈《えしゃく》した。

「ごゆっくりお寛《くつろ》ぎください。ご滞在中、お客様はあなた方だけですから自宅と思っていただけると嬉しいですね」

「他に客はいないのか？」

沖屋はざっくばらんな口調で問いかけた。

「厨房《ちゅうぼう》は僕一人だし、部屋数も多くないから、もともと数組の予約客だけでささやかにやってるんだ。統が仕事に使ってくれるっていうから、じゃあその間は貸し切りにして僕もちょっとのんびりしようかと思って。本格的に夏休みが始まると休みが取れなくなるからね。あ、客室整備は通いのパートの人にお願いしてるから、安心してくれ」

掛居は笑顔で片腕を広げて、「どうぞ中へ」と一行を促した。女性の咲の荷物をさりげなく受け取っている。

「長旅でお疲れでしょう。すぐにお部屋にご案内します。そのあと、よければ下でお茶を」

雪の多い地域のことで、玄関が二重になって外気を遮る防風室が造られていた。中に入ってすぐは壁に絵画の架けられた長い廊下で、右手側がレストラン部分らしい。左側にソファの置かれたラウンジがあった。客室は二階で、三人それぞれが別室だった。

「俺と水梨はツインで一部屋でいいって言わなかったか?」

「どうせ空いてるからね。統も夜くらいは仕事を忘れてゆっくりできた方がいいだろう?」

掛居の言葉に、沖屋は特に異は唱えなかった。沖屋が何も言わないのなら、隆之が言えるわけもない。

(部屋は別か……)

沖屋と別れてシングルの部屋に入ると、なんだか取り残されたような気持ちになった。

隆之は肩を上下させて大きく息を落とした。

慣れない長時間の運転で疲れていた。荷物を放り出し、綺麗にメイクされたベッドにどさりと仰向けになる。贅《ぜい》を凝らした造りではないが、チョコレート色とオフホワイトで統一された、シックで品のいい部屋だった。

しばらく天井を眺めてから、起き上がって窓辺に立ってみた。ペアガラスになった窓を開ける。湿度の低いさらりと気持ちのいい風が流れ込んできた。窓の向こうには森が広がり、豊かな葉を茂《しげ》らせた木立ちが下生えに木漏れ日を散らしている。陽射しは淡い山吹色に翳《かげ》り始めていた。

美しい自然。静かな立地。落ち着ける趣味のいい建物。これ以上ないロケーションだ。だけど隆之の心は、どうにも晴れなかった。

これは仕事だ。二泊三日の間だけだ。

何度もそう考えるのは、沖屋だってそのつもりに違いないと、自分に言い聞かせているのかもしれなかった。

隆之は家具やインテリアには詳しくないが、Bell Aventureの内装はクラシックとモダンが調和した北欧をイメージさせた。ラウンジには古めかしい薪《まき》ストーブが置かれている。冬にはきっと心地よく暖かい空間を作り出すんだろう。今は初夏らしく白いカーテンやソファカバーがかけられ、爽やかで寛げる部屋になっていた。

ダイニングホールは、艶《つや》のある板張りのフロアにテーブルがゆったりと配置され、壁一面に大きなアーチ型の窓が並んでいた。高い天井からブロンズのシャンデリアが下がっている。床から天井近くまである窓の向こうは、今は夜を迎えた森の闇と静寂だ。その中で、客席のライトが黄昏《たそがれ》のような優しい明かりでテーブルを包んでいる。

「極楽って、こういうのをいうんじゃないかしら」

ワイングラスを手に、咲がうっとりと言った。

ホールを贅沢な貸し切り状態で始められたディナーは、フレンチのフルコース構成だった。軽いアミューズグールに続いて、前菜は鴨《かも》の自家製スモーク、オレンジ風味のガストリック、フォアグラとサラダ添え。続いて、長野産ブロッコリーのポタージュ。アンディーブで包んだスズキのポワレの後、口直しのレモンのグラニテ。そしてメインは、信州黒毛和牛フィレ肉のソテー、赤ワインソース、季節の野菜添え。

「信州和牛の中でも網目状にサシが入った最高級のものを用意しました。数十頭に一頭と言われているんですよ」

沖屋は大手は経費が潤沢だろうと言っていたが、新米の隆之ではそんなわけにいかない。交渉したところ経費は一人分しか認められなかったので、咲の分は半分は青耀社持ちとして、隆之の宿泊費は半分が自腹だった。並んだ皿はどれも今まで食べたことのない、そしてこの先いつ食べられるだろうかという格別の味で、特にナイフが沈むやわらかさの和牛フィレ肉は、濃厚なソースと肉の風味が舌の上で絶妙にとろけて交わった。自腹だと思えば、よけいにおいしい。

極上の料理。

だけど、心の底から食事を楽しむことは、隆之にはできなかった。

「あたしが今まで食べたフレンチの中でもかなりのランクかも。ただでさえ部屋数が少ないのに今日は貸し切りなんて、贅沢よねえ」

ため息をつく咲のグラスにワインを注ぎながら、掛居はにこりと笑った。

「統の大事なお客様だとお聞きしましたから」

サービスはシェフ自らが行っていた。まっさらの紙のようにぴしりとアイロンがかけられた白い厨房服がよく似合っている。

「統に僕の料理を食べてもらうのはひさしぶりだな。どう？　口に合う？」

「掛居さんの作るものはなんだってうまいよ。昔からそうだった。でも、さすがに商売モノとなると違うな。すごく腕を上げたんだな」

「がんばったからね」

沖屋がストレートな称賛を口にすると、掛居は嬉しそうに笑った。ふだんは統制の取れた大人の男を感じさせるのに、時おり甘ったるいくらいの優しい表情を見せる。相手は限定で。

掛居が笑うと、沖屋も唇に笑みを乗せた。こちらもめったに見られないようなやわらかい表情だった。

（あんな顔もするのか）

政治家をやめた後の経緯は知らないが、きっと店を持つまでに相当の苦労をしたんだろう。掛居の物腰からも表情からも、自分の仕事に対する自信と誇りが窺《うかが》えた。

沖屋さんはこの人の作るものを食べていたんだ。改めて、そう思った。

食事を作りたくなる気持ちはわかる。放っておくとまともな食生活をしない人だし、目の前で自分の作ったものを食べてくれるのは嬉しかった。口の中に入れて、咀嚼《そしゃく》して飲み込んで。それは相手の血になり肉になる。生活の欠かせない一部を手中にしているような、勝手で傲慢《ごうまん》な自己満足。

それは少しだけ、情欲に似ている。

（俺の素人《しろうと》料理とは段違いだったんだろうな……）

今までの数々の失敗作を思い出して、隆之は頭を抱えたくなった。よくあんなのを出していたものだと思う。沖屋は失敗した料理でも文句を言わずに食べてくれる人だ。だけど、一瞬でも比べたことがないなんて言えるだろうか。

隆之が考え事ばかりしている間に、ディナーは滞《とどこお》りなくなごやかに進んだ。季節のフルーツを使ったデザートとコーヒーは、咲の提案でラウンジに場所を移して囲むことになった。

「シェフもぜひ一緒に。いろいろお話を伺いたいわ」

ではお言葉に甘えて、と掛居は少し離れた位置の一人掛けのソファに腰を下ろした。厨房服を脱いで、リラックスした格好をしている。

「小説家の方をお客様としてお迎えするのは初めてです。こちらでお仕事をされたりするんですか?」

カップとソーサーを手に、掛居はにこやかに咲に話しかけた。ちゃんとゲストを立ててくれている。

「パソコンを持ってきていないもの。でも、こんなところで仕事したらはかどりそうね。自然もお料理も素晴らしいし。そうだわ、主人公の傷ついた女が、迷い込んだ森の中のオーベルジュで優しいシェフとおいしい料理に癒される、なんてどうかしら。フランス料理ってとっても官能的だもの。もちろんシェフとのロマンス込みで」

かなりのペースで空けていたワインのせいか、咲はずいぶん舌がなめらかになっているようだった。本気か冗談か知らないが、楽しげに小説の話をしている。少しはスランプが解消されたのかもしれない。

「こんな山の中ですから、迷い込んでくる人はなかなかいませんね」

掛居はざっくばらんに笑った。咲が「そりゃそうね」と笑い声をあげる。

女性に人気のあった政治家だというのが納得できる。包容力がありそうで、しっかりリードしながら守ってくれそうで。

——極上の男。

(それって、こういう男のことを言うんじゃないか?)

「創作意欲が刺激されたのなら喜ばしいですね。ご招待した甲斐《かい》があります」

口数の少ない隆之のことなど気にもかけないように、沖屋は非の打ち所のない営業スマイルを浮かべていた。昔の男と今の男が目の前で並んでいても、どうってことないらしい。

「二日続けてフレンチは重いでしょうから、明日は和風にアレンジしたあっさりめの料理にしましょう。白ワインにも合いますよ」

「素敵。楽しみだわ」

落ち着かないのは隆之だけだった。なごやかな空気のまま夜は更《ふ》けて、それぞれの部屋に引き上げることになった。

バストイレは各個室についていた。シャワーを浴びて、Tシャツとスウェットに着替える。高原の夜は窓を開けていると寒いくらいだ。

沖屋の部屋は向かいだった。ベッドに腰かけて、今頃何をしているだろうと考える。「掛居さん」と呼んで笑みを浮かべた顔が、頭の回りを気に障《さわ》る虫みたいに飛び回った。

恋人の過去は、うっかり見てしまったアルバムと同じだ。温度のない、平たい写真。たしかに存在していたものだけど、気にかかるけれど、アルバムを閉じてしまえば見ずにすむ。意識から追い払える。

だけど今はその相手が、同じ空間に存在していた。血肉を持って。

中途で人生の方向転換をしたのに、三十代で小さいとはいえ自分のオーベルジュを持つというのは、やはり成功の部類に入るだろう。その割に野心的なところが目立たないのは、親が政治家で二世議員だったという経歴ならではの育ちのよさかもしれない。

掛居には、自分で自分の人生を切り拓《ひら》く力がある。加えて容姿も育ちも文句のつけようがない。

……かなわない。

隆之は濡れた髪を乱暴にタオルでかき回した。

経産省の男は、セフレだった。だけど掛居は違う。

本気の恋愛だったと聞いている。沖屋が新人記者だった頃だというから、年齢的に今の自分とそう変わらない。最初に会った時からすでに部下に恐れられる辣腕《らつわん》編集長だったから、隆之には社会人になったばかりの沖屋というのがうまく想像できなかった。

あの人は、その沖屋を知っている。知っているだけじゃなくて、自分のものにしていたのだ。

「くそ」

隆之は弾みをつけて立ち上がった。部屋を出て、向かいのドアの前に立つ。深呼吸してノックした。

ドアから恋人が顔を覗かせたことに、内心でほっとした。「今、いいですか」と訊くと、沖屋は曖昧《あいまい》に顎を動かして部屋の中に戻った。ベッドの上に今まで読んでいたらしい原稿の束が広げられている。紙袋いっぱいにあった新人賞の応募原稿を滞在中に片づけてしまうつもりらしい。

「おまえ、雛川さんの様子確かめたか？　ちょっと飲みすぎてなかったか」

沖屋はベッドカバーの上にあぐらをかいて、すぐにまた読みかけの原稿に戻った。目を上げずに隆之に言う。

「風呂に入る前にノックしてみました。大丈夫そうでしたよ。もう寝ると言われたので、ドアは開けませんでした。女性だし」

「そう。ならいいけど。これでスランプから脱してくれりゃな。明日はちっと仕事の話もするかな」

隆之は沖屋のすぐそばに腰を下ろした。スプリングが沈み、ようやく沖屋はまともに隆之を見た。

「……なんだ?」

ほんの少し、口角が上がった。

風呂から上がったばかりらしく、髪がまだ湿っていた。湯の熱の名残《なご》りが、頬や耳朶やはおったシャツから覗く鎖骨に浮かび上がっている。

話をしようと思っていたのだけど、聞きたくないことが多すぎた。湿った髪に手を差し入れて、隆之は衝動的に顔を近づけた。

抱きしめたい。触れたい。その唇に触れさえすれば、不安を溶かして呑み込める気がする――

が、隆之の顔は、ばさりと音のする乾いた感触に遮られた。エロ小説の原稿にキスをしてしまった隆之は、間抜けに目を瞬かせた。

「……沖屋さん」

口を押さえて、顔を背ける。きっと意地悪そうに笑っているんだろう。そう思って視線を戻すと、そこにはらしくもなく真剣な、ほとんど怒っている顔があった。

「ここでは、おまえとは何もしない」

いっそ冷たく、沖屋は言い放った。

「え――」

「遊びに来てるんじゃないんだ。おまえが何を考えてるのかだいたい想像つくけど、つまんねえこと気にしてる暇があったらもう寝ろ」

切って捨てる言い方は、経産省の男に対するのと何も変わらなかった。

「沖屋さん」

「俺は仕事中だ。邪魔するな」

手にした原稿からもう顔を上げもしない。目元の表情を隠す茶色い髪をしばらく見つめた後、隆之はそっと吐息をこぼした。ベッドから下りてドアの前に立つ。

「……おやすみなさい」

「ああ」

自分で閉めたドアの音が静かな廊下に響く。年下の男ってなんて格好悪いんだろうと思った。

(……いや、違うか)

格好悪いのは、年下じゃない。

（俺だ）

「晴れてよかったわねえ」

「そうですね」

翌日の午後、隆之は遅めのブランチをとった咲に散歩に連れ出されていた。咲は午前中は二日酔いと疲労でダウンしていたらしい。外に出たいと言うので車を出しましょうかと訊くと、「せっかく都会を離れてるんだもの。人目のないところがいいわ」と返ってきたので、森を散策することにした。

今朝の目覚めは最悪だった。ベッドの中で、寝たような寝ていないような重苦しい時間を過ごし、それでも朝が来たので階下に下りていくと、すでに起きていたらしい沖屋がラウンジにいた。そしてすぐそばに、掛居が立っていた。

声を出して笑っていたとか体に触れていたとか、そんなんじゃない。沖屋は寝起きのままだぼんやりした顔で、コーヒーカップを手にしていた。ちょうど掛居がそれを運んできたところらしかった。朝のコーヒーを飲みながらひとことふたこと交わす、何気ない会話。隆之だって、沖屋とそんな時間を持つ。それが、隆之が近づいた足音でふつりと途切れた。

二人が同時にこちらを見た。

自分が邪魔者になった気がした。

おはようございますと挨拶すると、掛居は瞬時にオーナーの顔になって、「おはようございます。よく眠れましたか？」とそつのない笑みを向けてきた。

（あのコーヒーは、きっと猫舌の人用に少しぬるめなんだろうな）

くだらないことを気にしていると、自分でも思う。「統」って呼び方とか。

二人は単なる昔からの友人同士みたいにふるまっている。だけど、事情を知っている隆之には、大人な二人が揃って見栄えのいい皮を上手に被っているようにしか見えなかった。

共犯者のように抱える、棘《とげ》のある秘密。それはもしかしたら、遠い分、そして痛い分、甘いんじゃないだろうか。

「――失敗したわ」

ふいに声が聞こえてきて、隆之は顔を上げた。何か考え事でもしていたのか黙ってずんずん前進していた咲が、前方で立ち止まっていた。

咲はカプリタイプのジーンズ姿で白い帽子を被っている。陽は高く眩《まぶ》しいが、森の中では木の葉に散らされて光が線や面じゃなく粒になって降ってきた。足元から夏草の青い匂いが昇ってくる。

「どうしたんですか？」

こちらも考え事をしていた隆之は、我に返って訊《たず》ねた。

「喉が渇いちゃった」

「ああ……」

隆之はあたりを見回した。Bell Aventureからけっこう離れてきてしまっている。どんどん森の奥に入っているらしく、人家がないだけじゃなく、足元の道もしばらく人が入っていなさそうに草に浸食されていた。

「ここらじゃ自販機なんてありませんよね。たしかラウンジに冷蔵庫が置いてあったから、戻って何かもらってきましょうか」

振り返った咲は、綺麗に整えられた眉をクッと上げた。

「そんなことまでしなくていいわよ。あなたマネージャーじゃないんだし。別に使い走りにしようなんて思ってないわ」

「かまわないですよ。僕も喉渇いたし」

軽く言うと、咲は帽子のつばの陰になった目でじっと隆之を見つめた。今日はほとんどノーメイクに見えるが、それでも意志の強そうな目が際立っている。まったくそんな気はないがなにしろ美人なので、さすがに少しどきりとした。咲は目を細めて微笑した。

「水梨くんって、いいコよね」

「……」

ふだんだったら聞き流せたかもしれない〝いいコ〟というセリフが、今日はことさら胸に刺さる。自分の長所はそれだけみたいで。

「ねえ。だったらお願いしてもいいかしら。ついでにあたしの部屋から日焼け止めを持ってきてくれない？　たぶんパウダールームに置きっぱなしになってるから。顔や腕には塗ったんだけど、うっかり足に塗り忘れちゃって。スニーカーの跡がついちゃう」

「お部屋に入っていいんですか？」

「水梨くんは何もしないでしょ」

咲は木陰で本を読んで待つという。部屋の鍵を受け取って、隆之は早足で来た道を戻った。

これまで道はゆるやかに登っていたので、帰り道は少し時間が短縮できた。一本道をたどって森を抜けると、ワイン色の屋根の建物の横手、レストランの窓が並ぶ側に出る。玄関に回り込もうとして、隆之は足を止めた。

話し声が聞こえる。

建物の裏だ。そちらには裏口があり、車庫と物置があることは午前中に周囲を一周してみたので知っていた。話し声は二人分。もちろん、今ここに残っているのは沖屋と掛居だけだ。

「……統から電話があった時は嬉しかったよ」

掛居の深みのあるテノールは空気の中をよく通った。街頭演説でもしたら、さぞかし説得力を持って響いたに違いない。

「いきなり『接待に使うから俺の分はただにしろ』じゃ、がっくり来ただろう？」

返す声は笑い含みだった。

「いや。君らしいと思った」

隆之はそのままふらふらと声のする方に近寄った。無意識に足音を忍ばせて。壁にぴたりと背中をつける。顔を出す勇気はなかった。——引き返す潔さも。

「……本当に、嬉しかったよ」

静かな、それだけに重みのある声。沖屋の返事は聞こえない。代わりに土を踏むかすかな足音がした。

「したたかそうで、いい男になったな」

「だろ?」

足音の後、テノールはさっきよりも近くで響いた。沖屋の方は動いていないようだ。

「あの頃の君は一生懸命尖《とが》ってて、自分の周りに薄い壁を幾重にも張り巡らせているような男の子だった。自分は今、何枚目の壁の前にいるんだろうって、いつも考えてたよ」

「男の子とか言うなよ。大学出てたんだからさ」

「その壁がいっぺんに全部崩れるのを見るのが好きだった。ナイーヴさとのアンバランスが魅力的で」

「……オヤジ」

そう言った時の沖屋の顔が目に見える気がした。口の端をきゅっと吊り上げて、少し上目遣いの温度の低い目で。あの冷たさも、中の熱さも俺だけのものだ。灼《や》けつくように隆之は思った。

「今でも君はナイーヴなんだろうな。僕にはわかる」

また足音。さわるな。さわるな。さわらないでくれ。その人はもう俺のものだ。

隆之はぎゅっと目を瞑《つぶ》った。姿は見えないのに、だからこそ妄想が頭を駆け巡る。だけど沖屋の声は落ち着いていた。

「俺はもう大人だよ」

「大人だからよけいにだよ。君は傷を知っている」

「……」

「その傷を自分がつけたのかと思うと、ぞくぞくするよ」

続く沈黙と人が動く気配に、隆之はよっぽど飛び出しそうになった。が、踏み出そうとした足を、沖屋の声が止めた。

「元気そうでよかった。それを確かめに来たんだ。それに商売も順調そうだし。掛居さんには政治家よりこっちの方が向いてるよ。人をもてなすの好きだったもんな」

掛居は答えなかった。

「……本当によかった」

本当によかった。

その言葉には、隆之がこれまで恋人の声の中には聞いたことのない優しい響きが混じっていた。優しい——少し角度を変えたら、寂しいような。

「——統」

抑えた、だけどせっぱつまった調子の声がする。その時、表の方で車の音がした。エンジン音は玄関の前で止まり、車のドアを閉める音に続いてチャイムが鳴った。

「ああ……パートの人の来る時間だ」

「行きなよ、オーナー」

「統、ひとつ頼みがある」

声はひどく真剣なものに聞こえた。

「今日のディナーが終わったら、僕に時間をくれないか。二人きりで話がしたい。他に誰もいない場所で」

返事は聞こえない。沈黙の中に、もう一度チャイムが鳴る。それでも声も動く気配もしなかった。三度目のチャイムが鳴った時、ひっそりした声が隆之の耳に届いた。

「掛居さんの頼みだったら、俺は聞かないわけにはいかないよ。わかってるんだろう?」

(…っ)

頭をがつんと殴られた気がした。

ふだんあれだけクールでしたたかな人らしくもない、泣き笑いしているような声。

(あの人にあんな声を出させる人がいたなんて)

「――じゃあ、夜に」

掛居は裏口から建物の中に戻ったらしい。もうひとつの足音は聞こえない。

そっとここを離れろ。何も聞かなかったことにしてしまえ。そうするのが一番いい。

それがわかっていてなお、隆之の足は地面に釘《くぎ》で打ちつけられたように動かなかった。

大人ならきっと、こんな時は見て見ぬふりをするんだろう。

だけど物わかりのいい大人にはなれそうにない。

やがて残された気配が動き出して、足音はこちらに向かってきた。うつむきがちの細身の体が現れる。沖屋は立ち尽くしている隆之に気づいてはっとしたように息を吸って、眉をきつくひそめた。

「……おまえ、立ち聞きが趣味になってんのかよ」

苦々しく吐き捨てる。隆之は沖屋に大きく一歩近づいた。

「行くんですか」

「雛川さんはどうした?」

隆之の問いには答えず、沖屋は軽く肩をそびやかして言った。声からはさっきのしおらしい様子はかけらも残さず消えている。

「森の途中に……今、飲み物を取りに来て」

「じゃあ早く戻れよ。彼女を一人にするな。ちゃんと接待しろよ」

「掛居さんと夜に二人きりで会うんですか」

キュ、と沖屋は唇を噛みしめた。

「……おまえには関係ない」

「関係なくないです」

隆之はさらに沖屋に近づいて、その肘を握った。沖屋は顔をしかめて振り払おうとする。無言の力の応酬《おうしゅう》があって、次第に沖屋が苛ついてくるのがわかった。

「これは俺の問題だ。おまえは口を出すな」

関係ない、俺の問題だ――どうしてこの人はこんなセリフを吐けるんだろう。冷たい言葉がざくざくと隆之の胸を切る。

「どうしてですか？　俺、あなたの恋人でしょう？　俺に隠れてあの人と会うんですか」

さっきの掛居の、名前を呼んだ時の少しかすれた声を思い出した。嫌いになって別れた二人じゃない。あんな声を出す男と恋人を二人きりにさせたいなんて、思う男がいるはずがなかった。

「嫌だ。会わないでください。もう終わったんでしょう!?　経産省の人の時みたいにすっぱり綺麗にふればいいじゃないですか。どうしてそうしてくれないんですか」

「……できない」

「沖屋さん」

隆之はつかんだ肘を力まかせに引き寄せた。抱きしめようとすると、沖屋は激昂《げっこう》した猫のように暴れる。小柄な人ではないが、体重が少ないぶん力は隆之が勝っていた。細身の

体を腕の中に乱暴に押さえ込む。

唇をつかまえたかったけどできなくて、襟《えり》の中に顔を埋めた。興奮が恋人の肌の匂いを際立たせている。この人だけの匂い。今は俺だけのもの。首筋に口づけて舌を這わせると、頬にパンッと強い衝撃が来た。

「ここじゃ何もするなって言っただろ」

「――」

じんわりと熱を持ち始めた頬を、隆之はのろのろと片手で押さえた。もう片方の手は体の横に落ちる。

沖屋はあとずさって隆之から離れた。怒りに上気した顔で睨みつけてくる。隆之を殴った右手がかすかに震えていた。

「好きだった男だ。冷たくなんかできない。したくない」

好きだった。

たとえ過去形でも、その言葉は重い石になって隆之の胸を上から押しつぶした。押しつぶされて、じわじわと嫌なものが滲み出てくる。

ディナーの時に見せた笑み。普通、今の恋人の前で昔の男にあんなふうに笑いかけたりするだろうか？

(俺には好きだなんて言ってくれないくせに)

「……俺がいても？」

「ああ、そうだ」

冷たさはこの人の魅力だけど、過ぎると無神経に思えてくる。

玄関に向かって歩き出した背中は、もう振り返らなかった。拳を握りしめて、隆之は森へ引き返した。


「……ねえ。水梨くん」

「はい」

「思うんだけど、これ、森っていうより山って表現するべきなんじゃないかしら」

「……そうですね」

登り道は、思ったよりもどんどん勾配《こうばい》が急になっていた。鬱蒼《うっそう》と茂った葉の層は厚みを増し、小動物でもいるのか時おりがさりと茂みが鳴る。道のあちこちに苔《こけ》むした木の根や岩が露出していた。

缶ジュースと日焼け止めを持って戻ると、小休止した後、咲はまた森の奥に向かって歩き始めた。都会の女性そのものなのに意外にタフな人だ。おとなしく後についてしばらく歩いていたが、どんどん道が険しくなってきて、隆之は咲に声をかけた。

「足元が危なくなってきましたね。もう戻りませんか？」

「嫌。あたし、挑戦されると引けないの」

「誰も挑戦してませんが……」

「道があるんだからどこかに続いてるはずよ。どこに行くのか確かめたいじゃない」

「山を下りて国道か何かに出るんじゃないですか」

咲は呆れ顔で振り向いた。

「あなた、そんな探究心や好奇心のなさで編集が務まると思ってるの？　若いんだから、もっと考えなしに行動しなさいよ」

「……」

言い捨ててまた前を向く。ずんずん歩いていくアイスブルーのカットソーの背中に、隆之はひかえめに問いかけた。

「雛川さん、嫌なことでもあったんですか？」

「何よ。いきなり」

「嫌なことがあった時はとにかく歩くんだって、どこかのエッセイで書かれてましたから」

後ろ姿がぴたりと静止する。咲は振り返って隆之を睨みつけた。

「離婚でゴタゴタしてるのよ。あなただって知ってるでしょう？」

「……そうでしたね。すみません。失言でした」

無言で向き直ると、咲はまたざくざくと山道を登り始めた。失敗したな、と思う。新宿のリストランテからそう日はたっていない。私生活のごたつきがまだ尾を引いていてもおかしくなかった。失恋だってきついのに、咲は二度目の離婚だ。ここに来てからは明るく見えたが、無理にはしゃいでいたのかもしれなかった。

（そういえば飲みすぎてたな）

そんなことにも思い至らなかった自分の気の回らなさにがっくりする。ますます前途が暗く思えてきた。ベテランの編集者でも扱いが難しかった咲を新人の自分が担当するなんて、やっぱり無理だという気がしてならない。

隆之はまだ痛みの残る頬に触れた。何もかもうまくいかない。

若いって、なんてみっともないんだろう。考えなしに行動しろと咲は言うが、その結果がこれだ。若さは世間じゃ素晴らしいもののように言われているけれど、実際はいいことなんかひとつもなかった。もっと経験が欲しい。余裕が欲しい。仕事も恋もうまくこなせるような。

……沖屋にとって、自分はなんなんだろう。

年下で、真っ直ぐなくらいしか取り柄《え》がなくて。余裕がなくて駆け引きもできない。沖屋にしてみれば、手の上で転がしているようなものなんだろう。

（いや、俺が勝手に転がってるだけか）

情けなさにため息を漏らすと、連動するように前を行く咲がぽつりとこぼした。

「きっとまた、雛川咲は新しい男を作ったんだって言われるのよ。男好きだってね」

「……」

咲が世間でそう言われているのは知っていた。同期の女の子が口にしていた言葉だ。

「あなたのところだってそうなんじゃないの？　あなたがあたしの担当になったのは、若い男をつければ雛川咲は喜ぶだろうと思ったんじゃないの」

「……それは」

反論できなかった。若い男だという以外に自分が担当になった理由を、隆之自身も見つけられなかったからだ。

答えない隆之を横目で見やって、咲はつんと顎をそらした。さらに勢いよく山道を登っていく。何を言えばいいのかわからなくて、結局隆之は黙って後ろに従った。

「――ひ、雛川さん。これ、ちょっとまずくないですか」

隆之が声をあげたのは、そのまま十分ほど進んだ頃だった。

道はどんどん狭くなり、どんどん険しくなっている。さすがに息が上がってきた。ずいぶん足場が悪い。たっぷりと水を蓄えた山の土はひんやりと湿っていて、苔に覆われた岩肌や木の根は簡単に滑りそうだ。滑ったら、そのまま山道を転げ落ちるだろう。

「引き返せなくなる前に戻った方がいいです」

「嫌よ。水梨くん、つきあうことないわ。帰りなさいよ」

咲はどうやら意地になっているようだった。彼女も息を弾ませているが、止まるつもりはないらしい。帰れと言われて帰れるわけもなく、咲がもし足を滑らせたらすぐに支えられるよう、隆之は足元に気をつけながらぴったり後ろについて歩いた。

「――あ、すみません」

あんまりにも足元ばかり見て歩いていたので、咲が立ち止まったのに気づかなかった。背中にひたいをぶつけて、慌てて顔を上げる。

「うわ」

無意識に感嘆の声が漏れた。

「綺麗ね……」

登り道は唐突に途切れていた。緑の天井も切れ、ぽっかり空いた平地が出現している。だが頂上ではないらしく、それほど広さはなかった。

平地の真ん中には、小さな湖があった。周りを鬱蒼《うっそう》とした森に囲まれ、しんと静まっている。吹く風にわずかに水面がさざめいていた。湛《たた》えた水はえもいわれぬ深いエメラルドグリーンだ。もしもずっと上空から見たら、きっと濃い緑の中にエメラルドに輝く丸い鏡が落ちているように映るだろう。

「宝石を溶かしたみたいって、こういうのをいうのね」

うっとりと咲が呟いた。

「こんなところがあったんだ……」

「ほら。考えなしに行動すると、たまにはいいこともあるでしょう?」

振り返った先ににっこりと返されて、隆之はしかたなく笑みを浮かべた。

「あそこにロッジがあるわ。行ってみましょう」

湖のほとりに、似合いの小さなロッジが建っていた。部屋ひとつ分ほどの素朴な山小屋だ。壁も屋根も切り出したままの木で造られ、ペンキも塗られていない。

近づいてみると、もうずいぶん長い間使われていないらしいのがわかった。ドアには斜めに板木が打ちつけられている。横手に回ると窓があり、中が見えないほど汚れたガラスが派手に割れていた。

「窓の鍵が開いてる。割れたところから手を入れたんですね。それとも鍵を開けるために割ったのかな」

「中に忍び込んだ人がいるのね。空き缶が転がってる」

部屋の中には、錆《さび》だらけの薪ストーブが置かれていた。隅《すみ》の方にブルーシートに覆われた山があるのは、きっと薪が積まれているんだろう。他には段ボール箱がひとつと、床にゴミと空き缶が転がっているだけだ。うっすらと積もった埃《ほこり》が、いたずらでもしばらく人が入っていないことを示していた。

「……入ってみる?」

ちらりと眉を上げて、咲がこちらを見た。

「だめですよ。使われていなくても所有者がいるでしょう」

咲はくるりとおどけたように目を見開いてみせた。「すみません。常識人で」と謝ると、アハハと声を立てて笑った。

「いいわ。どうせなんにもないし、服が汚れそう。湖のそばで一休みしましょう」

湖の岸辺に、座るのにちょうどいい大きな倒木《とうぼく》があった。そこで二人は休憩を取ることにした。ずいぶん前に倒れたものらしく、すでに風景の一部になっている。咲の座る場所にハンカチを広げて敷くと、「ありがと」と微笑《ほほえ》んだ。

「水梨くんは、いい恋人になりそうよね。引っかき回したくなるわ」

倒木の上に片脚を引き上げて座って、咲はからかい半分の口調で言った。

「それ、どこがいい恋人なんですか」

「世の中には、そうしないといられないタイプの人間がいるのよ。引っかき回して、困らせて、反応を返してくれるのが嬉しいの。自分のために困ってくれてる顔って愛しいもんよ」

「それって頼りないってことじゃないんですか」

「わがままに引っかき回されてくれるのも度量のうちでしょ。ほんとに頼りない男はとっとと逃げ出すか、自分が甘えることしか考えてないもの。だから、わがまま言いながら確かめてるの。あんまり理不尽なことは聞かなくていいわ。それから、あたしが暴走しそうになったら止めて欲しい。助手席でサイドブレーキ引いてくれる教習所の先生みたいにね。そういう男を探してるだけなんだけど——」

うまくいかないものね、と咲は力なく笑った。

何を返せばいいのかわからなくて、沈黙が降りた。隆之はシャツの襟元を扇《あお》いで中に空気を送った。湖面をわたった涼やかな風が汗ばんだ肌を心地よく乾かしていく。

「おまけに、それで書く仕事の方もガタガタだし。水梨くんには迷惑かけてるわよね」

「迷惑だとは思いません。仕事ですから」

「でも、待っててもらっても無駄かもね。なんかもう最近は疲れてどうでもよくなっちゃって。あたしが小説書かなくたって、別に誰も飢えないし死なないし」

「……」

「もうこういう景色の綺麗なところで、何もしないでぼんやりしてたいな」

ちらりと隣を窺うと、膝に頬杖をついた咲は気の抜けたような顔をしていた。はしゃいだり、不機嫌になったり、無気力になったり。彼女はひどく不安定だ。思ったよりも、離婚のダメージが大きいらしい。隆之は乾いた唇を湿して、言葉を探した。

「でも、待ってる読者はたくさんいますよ。僕も雛川さんの原稿を楽しみにしてます」

「ふうん」

ありきたりの慰めにしか聞こえなかったんだろう。咲はつまらなそうに鼻を鳴らした。

「でもあたしの本を読む人は、女優の雛川咲の本を読んでるんじゃないかしら。タレント本として読んでるのよ。それだけじゃない。小説の主人公とあたしを重ねてるの。雛川咲の恋愛の内幕を読んでるつもりなのよ。暴露本と一緒だわ」

「そんなことは」

「じゃあ水梨くんは担当になる前――ううん、学生の頃とか、あたしの本を読んでた?」

隆之は言葉に詰まった。

嘘をつくならできないわけじゃない。ついた方がこの場合、仕事のためにはいいのかもしれない。だけど最初からそんな不誠実な態度で接したら、たとえばれなくても、この先信頼関係を築いていくことは難しい気がした。

「……すみません。担当決まってから読みました」

「正直ね」

咲は呆れたらしかった。

「すみません」

「いいのよ。まあ、若い男の子向けの内容でもないしね」

「でも、読んでみたらおもしろいなと思いました。僕は好きです」

「そう」

返ってくるのは気のない相槌だ。隆之は必死で言葉を継いだ。

「それにほら、沖屋さんのところの青耀社だって、雛川さんに書いてもらいたがってるじゃないですか。沖屋さんは、雛川さんは色気のある文章を書くって言ってましたよ。あの人、やり手で毒舌だから、ふだんはめったに人を褒めないんです」

「へえ」

少しは興味を惹いたらしい。だけど、これじゃだめだ、と隆之は思った。こんなんじゃだめだ。他人の言葉を使わないで、自分の言葉で話さないと。

また沈黙が落ちる。梢のざわめく音と鳥の囀《さえず》りが、ぎこちない空気の中を流れていった。

急に咲が立ち上がった。腰かけていた倒木に足をかける。倒木は大人がやっと腕を回せるほどの太さがあり、ゆるやかなアーチを描いて先は湖に沈んでいた。えいっと勢いをつけて、咲はその上に立った。

「危ないですよ」

「平気よ」

両手を広げて、バランスを取って歩く。だめと言われることをわざとしたがる子供みたいだ。高さはたいしてないが年月に洗われた樹肌は滑りやすそうで、ふらふら揺れる手をつかまえようと、隆之は立ち上がって腕を伸ばした。

そのとたん、咲はスニーカーの底を滑らせた。

「わっ」

がくんと落ちる体を、地面に落ちる寸前で両手で支える。

「大丈夫ですか」

「え、ええ……あ、ははっ」

突然、咲は身悶《みもだ》えして笑い出した。わけがわからない。脇の下で体を支えたまま、隆之は瞬きをした。

「どうしたんですか?」

「ち、違うの。ごめ、あたし、脇の下だめなのよ。く、くすぐったいわ」

「あっ、すいません!」

慌てて隆之は両手を放してバンザイをした。咲は笑いの発作が治まらないらしく、上体を折って息も絶え絶えに笑い続けている。

「は、あはっ、はは、……はあ」

酸欠になるんじゃないかと思うほど笑った後、ようやく大きく息を吐いて、咲は元通り倒木に腰掛けた。目の端に涙が浮いている。

「あー、こんなに笑ったの久しぶり。本気で笑うのって体力いるわね。おなかが筋肉痛になりそう。でも、なんだかすっとしたわ」

咲は妙にさっぱりした顔になっていた。思いきり笑ったせいで、どこかの糸が一本切れたのかもしれない。

（……ああ、そうか）

その横顔を見ていて、振り回されてもちっとも腹が立たない理由が、わかった。

（この人と沖屋さんは似ているんだ）

自由奔放《ほんぽう》にふるまっているように見えるけど、実際そうなんだろうけど、どこかひどく脆《もろ》い部分がある。冷たさや強さは自分を守る壁だ。なまじ能力があって認められている分、引き返せなくなる。薄い冷たい壁を何重にも張り巡らせて、本当の自分がどこにいるのか、もしかしたら自分でもわかっていないのかもしれない。

泣きそうな顔で「バカだな」と笑ってくれた恋人の顔を、宝物箱から取り出すようにして思い出した。

「……雛川さんの小説のどういうところが好きなのか、言ってもいいですか」

唐突に話し出すと、咲はきょとんと振り向いた。

「……どういうところ？」

「子供が泣くのを一生懸命に我慢して、我慢するあまり無表情になってるみたいなところです」

「――」

静止画像のように、咲はぴたりと表情を止めた。

「そういう部分が一番色濃く出てたのは処女作ですよね。俺は思うんですけど、あの作品のテーマをもう一度今の雛川さんが書いたら、きっといいものになるんじゃないかなあ」

「……」

「処女作には作家のすべてがあるっていいますよね。あれ、ひとりよがりだって意見がありますけど――すみません、正直俺もそう思いましたけど、でもひとりよがりって悪いばかりじゃないですよね。恋愛ってどうしたってひとりよがりな部分はあるし、小説を書くって行為も本来ひとりよがりなものだし。でも、今の雛川さんなら技術も格段に上がってるし、えーと、いろいろ経験されてるから、ひとりよがりな部分を読者に受け入れられるように昇華できるんじゃないかと……すみません、俺、生意気言ってますか？」

気の強そうな目がじっとこちらを見つめている。一気にとうとうと喋《しゃべ》ってから、実は自分はずいぶん失礼なんじゃないかと気づいて、隆之は内心で焦《あせ》った。

「……あなた、『僕』じゃなくて『俺』になってるわよ」

少しして口をひらいた咲は、おかしそうな、今にも吹き出しそうな顔になっていた。

「えっ、あ、すいません」

「処女作の話なんて、今さら持ち出す人いないわ」

「はあ」

「ぜんぜん売れなかったし、なんにもわかってない子供の頃に書いたものだし。今読み返したら、恥ずかしくて顔から火が出るわ」

「ええ……すみません」

また失敗したらしい。隆之はうなだれて、自分の足の間の地面を見た。笑っているような咲の声が続く。

「それできっと、子供な自分が愛しくて泣きたくなりそうよ」

「え…」

隆之は顔を上げて横を見た。

咲は倒木の上に両足を持ち上げて、抱いた膝頭に顔を埋めていた。肩は微動だにせず、別に泣いているわけでもなさそうだけど、小さく丸まるような姿勢はこれまでになく頼りなさそうに見えた。

しばらくして、ぽつりと呟く声がした。

「ごめんなさい」

「どうして謝るんですか？　何も悪いことはされてませんが」

「違うの。いいのよ。ごめんなさいね。……ありがとう」

咲の言うどの単語にも、返し方がわからない。

結局、咲が膝から顔を上げるまでのずいぶん長い間、隆之はただ黙って湖を眺めていた。湖面には風に吹かれていくつもいくつも輪ができ、重なりながら静かに広がっていった。


二日目のディナーも申し分のない味で、適度に話が弾み、いい雰囲気で終わった。自分以外の誰もが役者だと隆之は思う。

隆之が二階に上がる前、沖屋は咲とラウンジにいた。仕事の話を持ち出しているようだったので席をはずしたのだ。掛居はおそらく調理場にいるんだろう。

彼らが二人で会うのを止めることは自分にはできない。どうせ頼んだって沖屋は聞いてくれないし。

何もできないのなら見たくなくて、隆之は部屋にこもって一人で悶々《もんもん》としていた。持ってきた文庫本をひらいてもちっとも集中できず、散歩から戻った時に一度浴びたのに、もう一度熱いシャワーを浴びてみたりした。

バスルームから出て窓辺に立つと、外では雨が降り出していた。短い間にけっこうな降りになっている。昼の間は空は子供の写生画のように晴れ渡っていたが、山の天気は変わりやすいという通り、急速に崩れ始めたらしい。眼前に広がる雨の森はただ黒く、窓ガラスに自分の情けない顔が映っていた。

他に誰もいない場所で、と掛居は言っていた。車で町に出るんだろうか。喫茶店やバーくらいあるだろう。それともこの天気だから、やむなく掛居の自室にいるかもしれない。

(きっと話をするだけだ。数年ぶりに会ったんだし)

だけどあの掛居のせっぱつまった声。彼は間違いなく沖屋に未練を残しているんだろう。

(沖屋さんがそんなことをするはずが)

ないと言い切りたい。思いたい。でも、言っちゃなんだが貞淑《ていしゅく》な人じゃない。沖屋と自分だって、そもそもの始まりがセフレだった。気に入ってもらっているとは思うけれど、そこまで愛されている自信はない。言葉も証拠もくれない人だし。

——極上の男。

沖屋と掛居が別れた理由は、掛居が政治家だったからだ。今は違う。

(やっぱりだめだ)

拳を窓ガラスに押しつけて、隆之は目を瞑った。

後悔が胸をギリギリと噛む。土下座して、泣き落としでもなんでもいいから引き止めればよかった。それでもだめならむりやり押さえつけてでも。激怒されるだろうけど、浮気されるよりよっぽどいい——

いてもたってもいられなくなって、隆之は着替えて階段を駆け下りた。ラウンジに飛び込むと、ソファに座っていた咲が驚いて顔を上げた。

「お…沖屋さんは？」

咲はぱちぱちと瞬きをした。眼鏡をかけて、ノートに何か書きつけている。ラウンジにもホールにも他に人はいなかった。テーブルの上には咲が飲んでいるらしいワインとグラスがあるだけだ。

「沖屋さんなら、掛居さんに声をかけられてどこかに行ったわよ」

「え——」

膝から力が抜けそうになった。

「あの二人、何か事情があるのかしらねえ。なんだか妙な雰囲気だったけど」

「ど、どこへ行くって言ってました？」

つかみかかる勢いの隆之に、咲は気圧《けお》されたように顎を引いた。

「知らないけど……」

「車で？」

「あたしもそう思ったんだけど、でも車の音はしなかったのよね。歩いてどこかに行ったのかしら。このあたり、何もないと思うんだけど」

「……」

隆之はラウンジの窓に近づき、カーテンを開けた。窓ガラスを走る水の筋の向こう、途りたくったように黒い夜が広がっている。こんな時間のこんな天気に山を歩く人は、普通はいないだろう。

あてもなく玄関まで行き、チョコレート色のドアを開けた。とたんに雨が森を打つ音がざああっと耳を圧《あっ》する。造りのしっかりした家の中にいたせいでわからなかったが、思ったよりも激しい降りになっていた。

車庫に車があるのを確かめてから、隆之は建物の中を上から下まで探した。明かりを落とした調理場にも、沖屋の部屋にも掛居の自室にも、誰もいなかった。ラウンジに戻ってきて苛々《いらいら》と歩き回る隆之を、咲は黙って何か言いたげに見つめていた。

ジーンズのポケットに入れていた携帯電話が鳴ったのは、そうやって二十分以上うろうろした頃だった。

着信は沖屋の携帯からだ。隆之は小さな機械をぶち壊す勢いで通話ボタンを押した。

「沖屋さんっ？　今どこにいるんですか？」

『……水梨……』

沖屋の声は遠く、プツプツと途切れがちだった。通話状態が悪い。昼間に試してみた時は別荘地だからか比較的クリアに通話が可能だったが、この雨でそれもままならなくなったらしい。

「沖屋さん？」

『……まの中に、湖があるんだ。掛居さんと……の小屋に……足場が悪くて』

途切れ途切れに、声は遠くなったり近くなったりする。聞こえてきた単語を繋いで、隆之は昼間に咲と見つけた森の中の湖に思い至った。

「嘘……あんなところに？　どうして」

『……さんが怪我《けが》を……雨で道が……やは帰れそうにな……』

「え――」

『明日の朝には戻る』

そのセリフだけやけにはっきりと聞こえた後、声はプツリと途絶えた。数秒後、通話が切れた。あっさり諦めたみたいに。

「……」

数回の通信音ののち静かになった携帯電話を、隆之は無言で見下ろした。

明日の朝。それでは、沖屋は掛居と朝まで二人きりで過ごすつもりなんだろうか。あんな小さな、何もない山小屋で？

「くそ…ッ」

携帯電話を尻ポケットに突っ込んで、隆之は玄関に向かって駆け出した。傘立てに置いてあった傘を鷲《わし》づかみにして雨の中に飛び出そうとする。

と、後ろからTシャツの襟元をがくんと引かれた。

「ちょっとちょっと何やってるのよ、水梨くん」

「ぐえ」

隆之は喉から変な音を出した。首が詰まって息ができない。しかたなく玄関に戻った。

「ひ、雛川さん、苦しいです」

「あらごめんなさい」

ぱっと手を離す。喉元を押さえて咳《せき》をする隆之を、咲は不可解そうに見上げた。

「こんな雨の中、どこへ行こうってのよ。沖屋さんたち、どこにいるって？」

「それが……あの湖のそばの山小屋にいるみたいで」

「なんでまたあんなところに？」

「……」

ここに住んでいるんだから、掛居は当然湖と山小屋の存在を知っていただろう。だから沖屋を連れていったのだ。山の中、二人きりになれるところ。誰も邪魔をする人がいないところに。

「雨で足場が悪くて帰れないそうです。俺、今から――」

言いかけて、はっと気づいた。自分が出ていったら、咲はここに一人きりになる。こんな天候の中、よからぬ人間が忍び込んでくるとも思えないが、それでも女性を一人で残していくわけにはいかなかった。接待をしているという立場もある。

「足場が？　そりゃまあ、あたしたちが通った道だったら、雨で夜じゃ危険でしょうけど……」

そうした隆之の思考とは関係なさそうに、咲は口元に拳をあてて何か考え込んでいる。

「まあ、とにかくちょっと落ち着きなさいよ。ほら、傘を置いて。今からあんな山道を登ったら、足滑らせて怪我するわよ」

「でも」

「いいから」

咲は強引に隆之から傘を取り上げて、ぐいぐいと手を引っぱってラウンジまで連れていった。ソファに座らされる。咲は向かいあわせの席に腰を下ろして、問いかけてきた。

「掛居さんも一緒なの？」

「ええ……掛居さんが沖屋さんを連れていったんです」

「でも、それって変ね」

「え？」

隆之は強張《こわば》った顔を上げた。

「あたし、夕食前にここのパートの人と話したんだけど、あの湖に行くには別の道があるんだって言ってたわよ」

「別の…道？」

「ええ。パートの人って地元の主婦で、お掃除してるところに話しかけてみたの。あの湖は、地元の人や別荘族だけが知ってる穴場みたいなところなんですって。でも数年前に水難事故があって以来、あまり人が近寄らなくなってるらしいけど。ただ、ここから行くと本当に山道だけど、もう少し下って別荘がたくさん集まったところからだと、別の道があるそうよ。その道なら湖の近くまで車で行けるみたい。掛居さんが知らないはずないと思うんだけど」

「……」

隆之は思わず立ち上がった。

(もしかして、わざと?)

たぶん、出かけた時はまだ雨が降っていなかったに違いない。掛居が天候の悪化を予測できたかどうかはわからないが、最初から朝まで二人きりになるつもりだったんじゃないだろうか。そうでなければ、車で行くはずだ。

しかし立ち上がってすぐに、再びすとんとソファに腰を落とした。咲をここに一人で置いていけない。

携帯電話を取り出す。沖屋の携帯にかけてみたが、繋がらなかった。

立ったり座ったりと忙しい隆之を、咲は形のいい脚を組んで冷静な目で見つめていた。

「ねえ。掛居さんが沖屋さんをあの山小屋に連れていったってわけ?」

「そうでしょうね」

「それで、あなたは今すぐそこに行きたいんだ?」

「ええ、でも」

繋がらない携帯電話の画面を見つめながらうわの空で答えて、はっと気づいた。口を手で押さえる。頬に血が上った。

「いやだ。ちょっとまさか、沖屋さんをめぐって三角関係だなんていうんじゃないでしょうね？」

「えっ、あ、いやその」

まずい。ますます顔が赤くなって、取り返しがつかなくなる。口を開いたり閉じたりしながら意味なく手を振り回す隆之を、咲は眼鏡越し、リストランテで男を切り捨てた時と同じ切れ味鋭い眼差《まなざ》しでねめつけた。

「……すっごく腹が立つわ」

「す、すみません」

「いい男が三人もいるのに、あたし一人蚊帳《かや》の外ってわけ？」

「や、あの」

「ああ、むかつく。どうなのこの構図……どうしてくれようかしら」

咲はテーブルの上のグラスをがしっとつかんで、なみなみと入っていた赤ワインを一気に飲み干した。立ち上がって、ノートを手にラウンジを歩き回る。

「雛川さん」

「何よ。今怒ってるんだから話しかけないでよ」

「すみません。……でもあの、俺が担当じゃ嫌ですか？」

「はあ？　何言ってんのよ」

「だってあの……男同士で……」

消え入るような小声で言うと、咲は苛々とノートを振った。

「そんなの別にどうだっていいわよ。あたし偏見ないつもりだし、個人の嗜好《しこう》なんだから好きにすりゃいいじゃないの。あたしは今この状況が腹が立つって言ってんのよ」

ラウンジを歩き回りながら、咲は早口でまくしたてた。

「まったく、男三人に女一人なんて、普通だったらあたしのハーレムじゃないの――そうだわ。仲違《なかたが》いしてるゲイのカップルと、仲違いしてる男女のカップルがひとつ屋根の下に閉じ込められるっていうのはどうかしら。それで一夜劇風なコメディで、ちょっとスラップスティックでおかしくて、笑って最後に泣けるみたいな……悪くないわよね。いっそ脚本にして舞台に上げようかな。自分で演じたらリアルに演じられそう」

「……」

咲はくるりと隆之を振り返った。目の色が変わっている。

「ねえ、今のどう思う？　脩学館でどうかしら？」

「……雛川さん、小説書く気になったんですか？」

「まあね」

つんと顎を上げてそっぽを向く。さっきまでノートに何か書いていたのは、仕事をしていたらしい。

「それは、よかったです」

「そうね。ここに来たのは悪くなかったわ」

肩を竦めて言って、それから彼女はどうでもよさそうな口調で続けた。

「だからもういいから、行きなさいよ。ここでのあなたの仕事は終わり。後は東京帰ってからね」

「え…」

「湖までの道は、下の別荘の集落の、一番後ろの建物の裏を通ってる道をまっすぐ行けばいいそうよ。途中に標識が出てて、そこからは歩くみたい。車で行くでしょ？　見落とさないようにね」

「あの……でも、女性を一人にするわけには」

咲はいかにも尊大に頷いた。

「そうね。だから一人は帰してちょうだい。誰でもいいわ。あなたそんな趣味はなさそうだし、二人いれば充分でしょう？」

「……」

言うだけ言って、咲は元通りソファに腰掛けた。グラスにワインを注いで、ノートの新しいページをひらいて猛然と何かを書き始める。

「――ありがとうございます」

隆之の存在などすでに忘れ去ったような咲に一礼する。部屋に戻ってレンタカーのキーを握りしめて、隆之はBell Aventureを飛び出した。

道は一本道だったので、迷うことはなかった。ただ周囲に明かりのまったくない慣れない山道で、舗装はされておらず車体はガタガタ揺れた。急ぎたいけれどそうスピードは出せず、ハイビームとロービームを頻繁に切り替えながら注意深く走っていく。

しばらく行くと、ライトの中に矢印をかたどった小さな標識が浮かび上がった。そこで車を止めて、隆之はもう一度携帯電話を取り出した。

雨はいったん小康状態になっている。携帯電話の画面では、微弱ながらいちおうアンテナが立っていた。試しにかけてみると、呼び出し音がする。

「沖屋さんっ？」

プップッという雑音の後、『――水梨か？』と声が聞こえた。

「沖屋さん、俺、今からそこに行きますから」

『……めろ。危ない』

声はやっぱり途切れがちで、それでもなんとか会話はできた。

「いえ。別の道があったんです。車で近くまで来てます。降りて今から行きます」

携帯電話は少し沈黙した。また切れてしまったのかと不安になっていると、声が戻ってきた。

『今…小屋の外に出たから……おまえ、来ても邪魔するな。…さんと、話があるんだ』

「嫌だ。やめてください。沖屋さん、お願いです」

携帯を握りしめて、必死で言い募った。話なんかしないで欲しい。二人きりで会わないで欲しい。そう願うのは、自分に自信がないからだ。隆之は自分の小ささが嫌になった。だけど、それでも。

返ってくる声は、隆之の心中など知らぬ気にクールだ。

『話さなくちゃ…とがあるんだよ。…いから…魔するな』

「沖屋さん」

『外で聞いてろ。…いか。絶対に…ってくるな』

そこで一方的に通話は断たれた。呼びかけても、もう返事は戻ってこない。

隆之は携帯をポケットに入れた。レンタカーのグローブボックスを探り、非常用の懐中電灯を見つけ出す。それを手に、車を出た。

焦っていたので傘もレインコートも持ってきていない。懐中電灯の明かりは本物の闇の中でまったく頼りなく、細い山道を歩くのはひどく困難だった。頭上を覆う葉先からぼたぼたと間断《かんだん》なく水が落ちてくる。ようやく道が切れて見覚えのある広い場所に出た時、隆之はバケツで水をかぶったような有様だった。

そのまま進んだらうっかり湖に落ちそうだが、山小屋の窓に小さな明かりが灯っていた。おそらく掛居がライトを持参していたんだろう。隆之はそろそろとそちらに近づいた。

外で聞いていろ。沖屋はたしかにそう言った。本当に話をしているだけなんだろうか。

だけどそれだけですまなかったら……

迷いながら、山小屋の窓に近づく。中には二つの人影が見えた。ガラスが汚れているので顔ははっきりとは見えない。雨が気配と足音を消してくれているのか、人影がこちらを向く様子はなかった。懐中電灯を消して大きく回り込んで、隆之は壁に背中をつけて窓際に立った。

ガラスの割れた箇所から、そっと中を窺ってみる。壁にランプが掲げられている。二つの人影は床に腰を下ろして、手を伸ばせば触れる距離で向かいあっていた。

こちらに斜めの背中と横顔を見せた掛居と、顔を伏せている沖屋。掛居は左足の脛《すね》にズボンの上からぐるぐるとシャツか何かの布を巻いていた。そういえば、最初の電話で怪我をしたと言っていた。大きな怪我ならすぐに車で運んだ方がいいだろうと考えたが、二人の様子からすると、差し迫った状態ではなさそうだった。

ちらりと沖屋がこちらを見たような気がするけれど、単に雨に目をやったのかもしれない。沖屋はすぐに目を戻した。立てた片方の膝を抱き、汚れた床にじっと視線を据えている。

「……俺は、あんたのものだったよ」

耳に飛び込んできた声に、隆之は全身を強張らせた。

「四六時中、あんたのことを考えていた。あの頃の俺は、あんたのことしか見えてなかった」

聞いていろ？　聞いていろって？　恋人の口から他の男に向かって発せられる、こんな言葉を？

「……僕を嫌いになったわけじゃないだろう？」

向かいに座る男は、まっすぐに沖屋を見ていた。

「掛居さんを嫌いになったことなんかない」

小さく呟く声。この人らしくもなく、どこか頼りない。まるで『あの頃の俺』に戻ったみたいだ。隆之の知らない、恋人の顔。

拳をぎりぎりと握る。爪が手のひらに食い込んだ。

二人の間には、ぴんと張りつめた、濃く密な空気が満ちていた。容易には立ち入れない。

ややあって、沖屋は顔を上げてはっきりした口調で言った。

「好きだった。だからわかったんだ。あの時、あんたの目に浮かんだ後悔の色が」

「……」

「あんなに好きじゃなかったら、きっと気づかなかった。小さな傷にも鈍感でいられた。そうだったらどんなによかっただろう。……好きだったから、すごく好きだったから、どうしても我慢できなかったんだ。許せなかったんだよ。あんたに後悔をさせた、自分が」

掛居が手を伸ばして、沖屋の頬にそっと触れた。窓の外の隆之はぐっと息を呑む。嫉妬で胸がぎりぎりと縛り上げられるようだった。

沖屋はその手に手を重ねて、やんわりと下ろした。

「統」

「あんたは俺が初めて、心から好きだと思った相手だ。俺は大学出たてのガキで、夢中だった。守るのに必死だった。だからほんの少しの傷でも許せなかったんだ。薄いガラスでできた綺麗なガラス玉みたいなものだ。それを大事に大事に腕の中に抱えていた。ぴかぴかで、指紋がつくのすら許せなくて、ほんのちょっと傷がついただけで、そこから罅《ひび》が入って粉々に割れてしまうような」

声は静かで平板なのに、刺さる硬さがあった。この人は自分を刺している、と隆之は思った。

「……そういう恋を、していたんだ」

「僕がもう少し自由だったら、今でも君といられただろうか」

「なあ、掛居さん」

身を乗り出した掛居の声を、沖屋は穏やかに遮った。

「俺たち、奴隷《どれい》でも未成年でもないんだぜ？　自由じゃない奴は、自分から縛られてるんだ」

「――」

「だけどそれは、弱さじゃなくて優しさの時もある。あんた、親父さんの遺志を継いで政治家になったって言ってたよな。政策にも馬鹿正直なくらい真面目に取り組んでいた。仕事を通して知ったあんたのそういうところ、俺はすごく好きだった」

初めてはっきりと、語尾が脆く揺れた。

沖屋は上体を前に倒して、ぱさりと掛居の胸にひたいをつけた。隆之は血が一気に頭に駆け昇った気がした。そんなしおらしいしぐさをしてもらったことはない。よっぽど飛び出そうとしたができなかったのは——薄い肩が、震えているように見えたからだ。

「あんたは優しい男だった。俺はあんたが大好きだった。とても——愛していたよ……」

震える声。隆之と同じく、掛居も動けないようだった。

数秒の沈黙の後、沖屋は顔を上げた。崩れ落ちそうな声が嘘だったみたいに、その顔からはいっさいの名残りが消え去っている。

そして、惚れ惚れするほど綺麗に潔く、笑った。

「さよなら」

笑った顔に、胸が詰まった。

愛した相手だったら、断ち切る時はきっと両刃で、翻《ひるがえ》ってその胸を刺すだろう。それを全部呑み込んで、笑う顔。純真無垢《むく》な人じゃない。満身創痍《そうい》って言っていいくらいだ。だけどだから強くて綺麗な人だと、隆之は胸元で拳を握りしめて思った。

また雨が激しさを増してきた。闇の向こうで、湖面がざあっと打ち鳴らされる音がする。いいかげん水浸しで、もう体中を流れる水も肌に張りついたTシャツも気にならなかった。

「……また、遊びに来てくれ。僕が東京に行った時は、会って欲しい」

掛居のテノールは低く、上から何かで押さえ込まれたようにかすれていた。沖屋は唇に笑みを浮かべた。

「それはやめといた方がいいだろうな」

「どうして。僕にだって、まったくもう可能性がないわけじゃないだろう？　僕はあの頃よりもずいぶん自由だし、君は大人になった。いつかまた、僕のことを好きになるかもしれない。違う形の恋ができるかもしれない」

「できるかもな。でもだめだ」

「彼がいるから？」

すうっと沖屋の眉が上がった。小屋の外の隆之は、思わずごくりと唾を飲んだ。

「一緒に来ている彼は、今の恋人だろう？」

「……そうだよ」

「彼が怒るから、僕と会えない？」

「……」

「意外だな。君がそんなことを気にするなんて」

「怒らせるのが怖いんじゃないんだ。あいつを傷つけるのが、嫌なんだよ」

「……そんなに、あの年下の男が好きなのか」

一拍おいて、沖屋はふっと微笑を漏らした。隙間からこぼれ出る蒸気みたいな、ふわりとやわらかい笑み。

「好きだよ。かわいくてしかたがない。あいつのものになりたい」

（……うわ）

全身の神経という神経が、ざわりと浮き立つ気がした。

隆之はうつむいてぎゅっと目を瞑った。本当にこの人は、自分の全身全霊をその手に握っていると思う。指の先、唇の端、言葉の欠片《かけら》で、隆之を天国にも地獄にも連れていってくれる。

こんなに誰かに好き勝手にされたことはない。して欲しいと願ったこともない。そんなふうに自分を捉《とら》え続けてくれる相手がいるというのは、なんて幸福なことなんだろう。

――一生、離さない。

「君にそこまで言わせるなんて……。僕なんか足元にも及ばなさそうだな。彼はそんなに完璧？」

「まさか」

窓の中に視線を戻す。沖屋は鼻で笑った。

「ガキだし、嫉妬深いし、金はねえしテクもねえし、仕事はまだまだ半人前だし」

ずらずらと並べ立てる人は、恋人相手にも容赦がない。

「あと、料理も下手《へた》だしな」

（すいません）

「……でも」

沖屋は隆之が小屋の外にいることを知っているはずだ。だけどこちらには目もくれずに、掛居からも視線を逸らして、ひとりごとのように言葉を紡いだ。

「水梨は俺に、絶対に傷のつかないものをくれる気がする」

「——」

「小さくていいんだ。ひとつだけでいい。堅くて綺麗で壊れないもの。それさえあれば、俺は他のものはいらない」

静かな声だった。ともすれば雨音にかき消されそうなくらいに。外に向かう声じゃなくて、たぶん沖屋の内側に向かう声。

だけどその声は、たとえば目の前で愛してるって言われるのと同じくらい——もしかしたらそれ以上に、隆之の胸をつかんだ。体温のある手のひらの質感を持って。

沖屋は顔を上げた。隙なく整った顔に笑みを浮かべる。今度笑った顔は、口角をきゅっと上げた、自信ありげないつも通りの無敵の笑みだった。

「だって他のものは、俺が自分で持ってるからな」

苦笑混じりの笑みが漏れた。

まだ、かなわないと思う。とても追いついていない。差し出せるものよりも許してもらっているものの方が、圧倒的に多い。

でもいつか。

いつか、と思った。いつかこの人の、横に並びたい。

(そうして……)

掛居の肩が、力なく上下に揺れた。笑っているらしい。

「僕はガラス玉で、彼はダイヤモンドの男ってことか。まいったな。ここまでこっぴどくふられたことはない」

「俺にとって、ってだけだよ。掛居さんは極上の男だよ。これからいくらだっていい相手が現れる」

「この世で一番聞きたくない慰めだな」

軽い笑いに紛《まぎ》らせているが、声は隆之の耳にも沈痛に響いた。掛居はうなだれて、布を巻いた左脚に手をやっている。

その右手がすっと、沖屋の腕を捉えた。

「わかった。そこまで言われたら諦めよう。……でも、ずっと君を忘れられなかった僕に、せめて最後にもう少し上等な慰めをくれないか」

「え——」

掛居が沖屋の体を引き寄せて覆い被さったのと、隆之の心臓で火花が散ったのが、同時だった。

頭で何か考えるより先に腕が別人みたいに凶暴に動いて、隆之は握っていた懐中電灯を窓ガラスに叩きつけた。

「——ッ…！」

自分の行動に自分で驚いて、息を呑む。神経を飛び上がらせるけたたましい音が響いて、割れたガラスが粉々になって山小屋の床に散乱した。

「水梨──」

大きく目を瞠《みは》った沖屋と同じく、掛居も体を硬直させてこちらを振り返った。

尖ったガラスを残した窓をいっぱいに引き開ける。隆之は窓枠に足をかけて一気に窓を乗り越えた。床に降り立つと、スニーカーの底でガラスの破片がじゃりじゃりと鳴った。

「その人はもう俺の恋人なので、さわらないでください」

近づいて、沖屋の二の腕を捉えている掛居の手をぐっとつかんで引き剥がした。呆然としているのか、掛居は毒気を抜かれたみたいに抵抗しない。それから隆之は、沖屋に手を差し出した。

「迎えにきました」

余裕の笑顔にはほど遠いけれど、せいいっぱい格好をつけて、笑った。

「……」

沖屋は隆之をじっと見上げて、するりと掛居の下から脱け出した。隆之が差し出した手に手をからめる。わずかに唇の端を上げた。

「タイミングばっちりじゃねえか」

「間違えなかったですか？　よかった」

笑みを返した時、沖屋の背後で掛居が立ち上がった。

向きあって立つと、悔しいけれど掛居の方が身長が高かった。自分よりもずっと上等な、大人の男だ。だけど最初に感じた気後《きおく》れは、もうなくなっていた。

世間の評価や地位なんてどうだっていい。ダイヤモンドだと言ってくれる人が、一人いれば。その人がいてくれれば、いつか言葉を本当にできる気がする。そうなるように、努力できる。

「……統が君の手に負えるのかな」

「大事にします」

少し皮肉な口調にも、腹は立たなかった。掛居はまるで誰かにホールドアップされたみたいに両手を上げて、投げやりなため息を落とした。

「掛居さん、水梨は車で来てるんだってさ。あんた、それ運転してひと足先に帰りなよ。怪我を消毒した方がいい」

「怪我ってどのくらいなんですか?」

掛居に向かって訊くと、「たいしたことはない」とそっけなく言われた。横から沖屋が代わりに答える。

「濡れた岩で足を滑らせたんだ。骨や神経はなんともなさそうだったけど、いちおう病院に行った方がいいかもな。でも、運転くらいはできるだろう?」

「……一人で帰れってことか?」

「あんた、俺に嘘言っただろう? 自業自得だ」

きっちり笑顔で返されて、掛居は言葉を失くした。さすがに少し気の毒になったけど、その点は正直許しがたいと思っていたので、隆之は口を出さなかった。

山小屋の入り口には板木が打ちつけられたままで、沖屋たちも隆之と同じように土足で窓から侵入したらしい。隆之は掛居に車のキーと懐中電灯を渡した。

「レンタカーなので傷をつけないでください。夜道ですから、お気をつけて」

「……」

「朝になったら戻るよ」

沖屋の言葉に、振り向かずに憮然とした表情のまま頷いて、掛居は窓枠を身軽に乗り越えた。足の傷は、本人が言うようにそれほどの怪我ではないらしい。

「――さよなら」

引き際の潔さは認めてもいい。懐中電灯の明かりが周囲の森に消えるのを見送ってから、隆之は沖屋の前に立った。

髪から指先から、ぽたぽたと滴《しずく》が落ちる。濡れそぼった隆之を見上げて、沖屋は軽く眉を上げた。

「ずぶ濡れだ」

「すみません。傘を忘れました」

「バカだな」

「はい。……それからもうひとつ、すみませんでした」

「なんだ？」

沖屋は首を傾《かし》げた。明かりはオイルランプだけで、淡い光のグラデーションの中で磁器のようななめらかな頬が白く浮かび上がっている。手を伸ばそうとして、濡らしてしまうなと思って一瞬止めたけど、どうしてもさわりたくてその頬を包んだ。濡れた手にもひんやりと冷たい。沖屋は動かなかった。

「すっぱり綺麗にふってくれ、なんて言って」

「……」

「別れた恋人に冷たくできない、あなたが好きです」

長い睫毛を上下させて、沖屋は一回瞬きした。それからゆっくりと、崩れるように笑った。泣いた後に笑う子供みたいに無作為で、同時に傷と弱さを抱えた大人の笑い方。

この人はきっといい恋をしてきたんだろうな、とその顔を見て隆之は思った。自分を全部、裸で差し出す恋。それで壊れて傷ついても、相手を憎んだりしない恋。

じゃないと、どんなに年齢を重ねても、何人とセックスしても、こんな笑顔は作れないだろう。

だとしたら、掛居に感謝しなくちゃいけないのかもしれない。感情面ではとてもそんな気になれないけど、理性の片端《かたはし》でくらいなら認めてやってもいい。

(そのくらいは、大人になってやる)

それに、沖屋が恋に破れてあんなふうに奔放になっていなかったら、年下のバイト学生だった自分のつたない誘いに応じることなんてなかったかもしれない。それはそれで、自分の前にいた複数の男たちが気にならないわけじゃないけど。死ぬほど気になって嫉妬するけど。

だけどやっぱり、今ここにある幸運にはかなわない。

この人を形作《かたちづく》って出会わせてくれた、すべての偶然に感謝する――

「俺、今、神父さんの前で愛を誓えそうです」

「……おまえ、何言ってんの？」

沖屋は心底バカにした顔で鼻を鳴らした。

「世界中の花を集めてしまいたいな。そうしてプロポーズしたら、一生俺のものになってくれますか？」

「……バカだな」

たまらなく幸せな気持ちになった。

バカという言葉をこんなにも優しく使える人を、他に知らない。

「花束なんて、ここにあればいいんだよ」

沖屋は指先でとん、と隆之の胸を突いた。

隆之は大きく笑った。

またひとつ、この人の好きなところを見つけた。沖屋は以前、隆之のことをロマンティストだと言ったけれど、沖屋だって負けていないじゃないか。

壁が何枚あったってかまわない。この人の知らないこの人の心の場所を、ちゃんと見つけて、俺が大切にしよう――

「俺、ずぶ濡れですけど、抱きしめてもいいですか」

きゅっと上がった唇の端が、訊くなよバカ、と言っている。他に誰も見ていないその顔をもっと強欲に奪って独り占めしたくて、腕の中に引き寄せた。


「……ここじゃ何もしないんでしたっけ」

下唇を甘噛みしながら、吐息と一緒に囁く。言いながらでも唇が止まらなくて、背中に回した腕も離せなかった。舌先がからみあう。言ってることとやってることが矛盾している。

「……ここなら、いいんだよ」

「え?」

「掛居さんのオーベルジュじゃなけりゃな。政界追われたあの人がゼロから始めて手に入れた場所で、原因になった俺が他の男となんかするわけにいかねえだろ」

唇を離して目を合わせて、隆之はにこりとした。

「律儀なんですね」

「礼儀だ」

「そういうところも好きです」

「……おまえはさ、そうやって口に出しちゃうところが……」

「好きですか?」

目を覗き込んで言うと、きつい冷ややかな視線が撥《は》ね返ってきた。そういうところも好きだと思う。まっすぐじゃなくて一回折れ曲がって、こちらに届いてくる。ちゃんと受け止められる度量が欲しい。

答えがわかったという印に、再び唇を重ねあわせた。前歯の列を舌先で撫でて、上顎の内側をねっとりとなぞる。ぴくんと沖屋の舌が跳ねた。

「ん、…んっ、ん」

つかまえて深く追い込むと、沖屋の顎が上がる。隆之は上から覆い被さるようにして、余すところなく中を貪った。自分の唾液が流れ込んで、相手の口中で濡れた音を立てる。

「沖屋さん……ここで、いい?」

返事の代わりに、指が隆之のTシャツの中を探ってくる。沖屋のシャツのボタンをもどかしくはずそうとして、風邪をひくといけないと思いとどまった。初夏とはいえただでさえ山の中で、雨で気温が下がっている。それに埃だらけで硬い、しかも割れたガラスの破片が飛んでいるかもしれない床に押し倒すわけにもいかなくて、自分は濡れたTシャツを脱ぎ捨てながら、頭の中でぐるぐると忙しく隆之は思案した。

「すいません、ごめんなさい、ちょっと待って」

応えてくれる唇の先にキスをして、あたりに目を走らせる。薪らしい山を覆ったブルーシートと、部屋の隅に置かれた段ボール箱が目に入った。沖屋から離れて、段ボール箱の蓋を開けてみた。中にはとっくに期限が切れた食料品の缶詰に、巻いたロープ、携帯燃料。それから古い毛布を見つけた。箱の中にあったおかげでそれほど汚れていない。

雨の吹き込む窓からできるだけ離れた場所に毛布を敷いて、沖屋の手を引いた。

「いかにもこれからやりますって準備だなあ?」

恋人は皮肉に笑った。

「いいんです。やるんですから。これだけじゃ背中が痛いと思うので、俺の上になってください」

「……おまえも言うようになったよな。最初はおっかなびっくりだったのに」

壁際に座らせて、はだけたシャツの内側に顔を埋める。丁寧に舌を這わせて乳首を唇で挟むと、指が伸びてきて隆之の髪をまさぐった。

「……おまえ、ストレートだったのに、悪いことしたな」

ぼそりと呟く声に、顔を上げた。今夜の恋人はいつになく感傷的になっているらしい。身を起こして、重ねるだけの、だけど深いキスをした。

「俺、今、すごく幸せで泣きたいくらいです」

「……水梨」

「あなたが俺を名前で呼んでくれたら、もっと幸せなんですが」

そんな言葉がつい漏れたのは、「統」と呼ぶ掛居がしつこく気に障っていたからだ。もしも沖屋が名前で呼んでくれたら、それをきっかけに自分も口にできるかもしれないとせこく考えたのだけど、沖屋はじっと隆之の顔を見つめているだけだった。不安になって、隆之は訊いた。

「あの、俺の名前、覚えてますよね？」

「……」

沖屋は黙ったまま、唇に薄い微笑を乗せた。そうして隆之の首に腕を回して、いきなりぐいと引く。ぶつかりそうな唇のすぐ近くで、囁いた。

「……キスしてくれよ、隆之」

（あ…）

経験したことのないくらい一気に、熱い波がせり上がってきた。

荒く唇を噛みあわせて、口内をさんざん舌でかき回して、首筋、胸に移動する。胸の突起を舌先でつついた。隆之の肩に回された肘がぴくんと浮く。舌でこね回して少しきつめに甘噛みすると、腿が細かく震えているのが目に入った。

「ん……んッ」

濡らして吸ってそこを赤くした後、沖屋のコットンパンツに指をかけた。

相手の指も、こちらのジーンズのボタンを探っている。コットンパンツのファスナーを下ろして指を忍び込ませた時、沖屋が小さく呟いた。

「濡れてジーンズが硬い」

「いいです。自分でしますから。……今日は、あなたは何もしなくていい」

言って肩口に顔を埋めて、下着の中でまだそれほどの反応をしていない恋人のものを、手のひらで包んだ。

「…あ…、っ」

やわらかく扱《しご》き、指で輪を作ってきつく根本から煽る。耳に触れる呼吸が速くなる。抱きしめている体の温度が上がって、ふわりと、熱とも肌の匂いともつかないものが鼻先をかすめた。指に返ってくる手応えや、鼻にかかった声や、そんな欲情の表出《ひょうしゅつ》が、直接さわられなくても確実に隆之の中心を高めていく。

(あー……なんか俺、もう)

衝動のままに、沖屋の立てた膝の間に身を沈めた。取り出したものに顔を近づけて、ちろりと舌先で舐めてみる。

「あっ、おまえ…」

沖屋の腰がびくりと引いた。

実をいうと、されたことは何度かあるけどしたことはない。されると頭が真っ白になってしまって、いつも主導権が向こうに移ってしまっていた。流されるのも気持ちがいいけど、今日はそれじゃ嫌だった。閉じかけた膝を強引にひらいて、ためらわず口腔《こうこう》に含んだ。

「…ッ!」

漏れた声より大きく、下肢全体が震えた。

「ン、…っふ…」

唇で形をたどって、音を立てて舐め上げる。恋人の性器に直接口で触れる行為は、想像していたよりもずっといやらしく自分自身の興奮を煽った。大胆に舌を使って、喉の壁まで使って愛撫する。いたずらで歯を軽く立てると、抗議するように髪を引っぱられた。

「あ、あ、あっ」

上から落ちてくる息がどんどん荒くなって、口の中でびくびくと生々しい反応が踊る。そのまま追い立ててもよかったのだけれど、隆之はいったん口を離した。唇から唾液が糸を引く。それから添えていた手を沖屋の膝の下に差し入れて、ぐっと高く持ち上げた。

「た、隆之…ッ！」

「ローションがないので」

理由をつけて、これから自分を受け入れてもらう箇所にチュッと口づける。沖屋の全身が大きくぶるりと震えた。

細い腰が逃げて壁にぶつかるのにかまわず、指先と舌で窄《すぼ》まりの周囲を揉《も》みほぐす。自分の指を舐めて濡らして、少しずつ狭間《はざま》に沈めた。

「あっ、バカ…、ん、ッ」

バカという言葉にもいろんなバリエーションがあって、そのどれもがいちいち隆之を甘くかき立てる。

「や、やめろ、ッ…、隆之！」

背中を叩く拳を無視して、二本の指で割り拡げながら舌先で唾液を中に送り込んだ。ついでにさっき途中で放り出したものの先端をすくって、指先にたまるぬめりも内部に塗り込める。沖屋の細い体はびくびくと若魚のように何度も跳ね上がった。

「あっ、あぁ……やっ」

濡らしながら反応の濃いところを探して、指の腹でそこをこする。内側が過敏に反応してひくついて、ねじ込む舌があからさまな粘着音を立てる。

最初きつかったそこは、締まりは変わらないのに熱と水気でどんどん潤んでいった。比例して、漏れる声も艶を増す。濡れたジーンズの中で、隆之のものもすでに痛みを感じるほどになっていた。

隆之は身を起こすと、くるりと体を入れ替えた。そろそろ持ちそうにない。

もどかしく自分のジーンズの前を開ける。膝まで落ちていた沖屋のコットンパンツから足を抜かせて、自分の腰に跨《また》がらせた。

「生であなたの中に入るのはひさしぶりです」

浮いた汗と自分が触れたせいで濡れた胸に、隆之は愛おしく口づけた。

「おまえ……」

「隆之って呼んでください。もっと何度も」

睨みつけられても、上気した頬に潤んだ目では隆之の目尻は下がるばかりだ。後ろに回した指でそこを拡げながら、抱いた腰をゆっくりと引き下ろした。

「…あ、…あッ」

呑み込まれるごとに、そこから広がる熱の渦《うず》に全身の感覚も呑み込まれていく。きつい器官は、行き場を求めて張りつめていた隆之を震えながら受け入れてくれた。

「あ――…」

狭い壁が息づきながら少しずつひらいていく。すべて収めると、隆之はいったん動きを止めて深く息を吐いた。沖屋の身体はひっきりなしに小刻みに震えている。今日はいつもより表情がダイレクトな気がした。眉根を寄せた苦しそうな顔は壮絶に色っぽかったが、気になって頬に手を伸ばした。

「苦しいですか？　いつもより痛い？」

「…ッ…」

沖屋はぎゅっと目を瞑る。目の端に小さな涙の玉が浮いた。

「やっぱりローションないときついかな……。もう少し濡らして」

言いながらきゅっと腰を引くと、とたんに沖屋が身悶えて身体を縮めた。

「やッ、バカ、まだ動か…っ」

「え…」

「も…や…、隆之――」

やるせないように何度も、沖屋は首を振った。

（……この人）

動悸《どうき》がさらに速まった。指先が隆之の肩に痛いくらいにすがってくる。火照った目元と

唾液で濡れて赤みを増した唇を、信じられないもののように見つめた。

（最初から、すごく感じてくれてるんだ）

抱くのは隆之の方だけど、いつもどこか〝させてもらっている〟という意識が拭えなかった。年上の人だから。元バイト先の上司だったから。バイトをやめて就職しても、どこかにそんな気持ちが残っていた。

だけど今、年上の恋人は自分の膝の上でなりふりかまわず反応を見せてくれている。

愛おしさが温かい湧き水のように隆之の中を満たした。こめかみにキスをして、息の苦しそうな唇にも無理に口づける。

「……統、さん」

呼ぶと、ぴくんと肩が跳ねた。指先にさらに力がこもる。

「統さん。すごく――好きです」

「あ、あぁ……ッ！」

体重がかかる体勢を利用して深く奥まで突き入れた瞬間、沖屋は全身を痙攣《けいれん》させながら達した。いつもに比べてずいぶん早い。放出している間ずっと締めつけられて、隆之はぎゅっと奥歯を噛みあわせた。

「……あ、くそ……バカ」

余韻《よいん》の震えの中で、弱々しい声が呟く。ぐったりと倒れかかってきた身体を、包むように抱きしめた。

「あー、俺、ほんとに幸せ」

「……うるさい」

「でもまだつきあってくださいね」

「…あッ」

腰を抱えなおす。両手でウエストをつかんでゆるく揺らすと、締まった腹の筋肉がびくびくと波打った。逃げようとしているのか自分で動こうとしているのか、ひどくのたうつ腰を、放さず自分の動きに合わせて上下させる。

「やっ、あ、あぁっ」

解放を迎えたくせに密な壁がきつくからみついて、時にこちらを絞り上げてくる。高まってくる欲動に、隆之の息も跳ねた。外の雨の音はもう耳に入らなくて、代わりに繋がった箇所が立てるかすかで淫《みだ》らな水音が、隆之をもっともっとと駆り立てる。

「あ、ああ、あ、やぁっ」

感じるところをこするように責め立てると、沖屋はいっそう激しく腰を揺らした。どこをどうすればいいのか知っている。律動にぴったりついてくる身体。開きっ放しの唇から漏れる甘くかすれた嬌声《きょうせい》。涙が汗と一緒に頬を濡らしていた。こんなに乱れたこの人を見たことはない。

「ああもう……なんて顔するんですか」

たまらなくなって顎を捉えてむりやり唇を重ねると、沖屋は苦しそうにかぶりを振った。

「あ、ンッ」

内壁はからみついてくるのに、胸に手をついて逃げようとする。そこを許さず追い立てると、仕返しのように中のものをきゅっと締めつけられた。ほとんど痛みにも似た快感が隆之の全身を震わせて、それにすら恋人は反応して声を漏らす。

「いい…？ 統さん」

「あ、あぁッ、隆ゆ…」

「俺はすごくいいです」

隆之はうっとりと囁いた。そこから駆け上がってくる悦楽に、脳天まで痺《しび》れて体中の骨が溶けそうだ。

「今日は、生で……中で、出します」

切れ切れに言うと、背中に腕を回されてぎゅっと力を込められた。

「あ、ああ――！」

苛《さいな》むように、いっそう動きを速める。これ以上ないくらい奥まで叩き込んで、隆之は沖屋の中で放出した。

眼裏《まなうら》が白く弾ける。背中の指が瀕死《ひんし》の動きで何度も跳ねて、内部がきつく収縮した。精もこちらの震えも全部呑み込んでもらって、隆之は沖屋の肩口で長く息を吐いた。

「……好きです」

力尽きたように閉じた両の瞼《まぶた》に、順番に口づけた。

そういえばまだ、直接は好きだと言ってもらってないなと気がついた。だけどもうそんなことはどうだっていい。

言葉以上に重く腕の中にある身体を、隆之はしっかりと抱きしめた。

もうやめろと涙声で訴えられるのに刺激されて、中で二度達したのに、毛布の上で膝立ちにさせて後ろから押し入った。最後はほとんど気絶させたようなものだった。

その報《むく》いで、隆之は長野から東京までの道のりをずっと一人で運転することになった。咲が意味ありげな目で見てくるせいもあって、帰りの道中ずっと沖屋は不機嫌だった。

そういうわけで、隆之は腰が痛い。

「おまえ、もう帰れよ」

「そんなこと言わないでください……」

咲を送ってレンタカーを返して、疲れきった隆之はちょっと休ませてくださいと沖屋のマンションに転がり込んだ。シャワーを借りて出るともう動けなくなって、馴染んだベッドにぐったりと横たわる。

結局読み終わらなかったらしい新人賞原稿を手に、沖屋は邪魔そうに隆之を足で押しのけた。

「自業自得だ」

山小屋から掛居を帰した時と同じセリフを、冷たく吐かれる。昨夜の甘い余韻なんてひなたのアイスクリームみたいに消えている。

Bell Aventureを出る時の掛居は、さすが元政治家のポーカーフェイスで、「ぜひまたいらしてください」とにっこり笑って隆之たちを見送った。見送られる沖屋の方も、綺麗さっぱり洗い流した文句のつけようのない笑顔で応えていた。

「なあ。そういえば雛川さん、帰りはずっとプロット練ってたけど、おまえどんな話をしたんだ?」

そばに座った沖屋に訊かれて、隆之はベッドの上で半身を起こした。

「別にたいしたことは。処女作の話とか」

「ふうん。でも彼女、おまえのおかげで書く気が起きたって言ってたぞ」

「そうなんですか? でもよかった。これで書き下ろしの原稿がもらえそうです。そちらはどうでした?」

「うちはとりあえず確約はエッセイだけだ。青耀社にしちゃ張り込んだんだがな」

ま、顔を繋いでおいてそのうち元は取るけど、と呟いて、それから沖屋は上目遣いにじっと隆之を見つめた。

「なんですか」

「いや。おまえもけっこうやるよなと思って」

「本当ですか？　少しは俺のこと、認めてくれましたか？」

「少しはな」

嬉しくなって唇に唇を寄せようとすると、ぐっと胸を押し返された。手じゃなく、足で。

「さすがに今日はやる気はねえだろ」

「ええまあ……」

それにしても足蹴にすることはないだろう。恨めしげに見ても素知らぬ顔で、沖屋は膝に置いた原稿の束をめくり始める。昨夜の嬌態《きょうたい》は演技だったとしゃらっと言いそうな冷たく整った顔を見ていて、先日来考えていたことが、つい口からこぼれ出た。

「ひとつ訊いていいですか」

「なんだ？」

沖屋は原稿から顔を上げない。

「俺がＥＤになったら、どうしますか？」

思いきって言うと、沖屋はゆっくりと目を上げてこちらを見た。

「……そうだな」

舌先が覗いて、唇をちらりと舐める。

「あの手この手で努力して、それでもだめだったら……」

「だめだったら？」

隆之はついコクリと唾を飲んだ。

沖屋は片手で隆之の髪に触れて、ついと顔を近づけてきた。指が後ろ髪を優しく乱す。そうして耳元で、半分吐息になった甘い声で、その方法を囁いた。

「……ッ」

隆之は耳まで真っ赤になった。沖屋はぱっと手を放す。

「それ、EDじゃなくてもぜひお願いしたいんですが」

「だめ」

「誕生日プレゼントってことでどうですか？　俺、来月なんですけど！」

「ガキみたいなこと言ってんなよ」

また手が伸びてきて、今度は中指と親指で輪を作って顔の前に突き出された。条件反射で隆之はバッとひたいを隠す。

すると沖屋は、間近でにやりと笑った。

「いつかそうなった時のお楽しみにとっておけ」

そう言って、ひたいを弾く指の代わりに、唇がやわらかく重なってきた。

# 神様のいない夜

クリスマスなんざクソ食らえ。

アクセサリーケースを——それも高価な宝石じゃなく安っぽいガラスやビーズのアクセサリーをぶちまけたようなイルミネーションと、気が変になりそうなくらい何度も繰り返されるクリスマスソングは、寝不足の身には凶器だと沖屋統《おきやみつる》は思う。毎年。

「くそ。つかまらねえ……」

単調な呼び出し音を鳴らし続ける受話器を耳に、沖屋は短く舌打ちした。

「ざけんなよ、てめえ」

繋《つな》がっていないのをいいことに悪《あ》し様《ざま》に罵《ののし》って、電話を叩き切る。近くを通りかかった副編集長の島田《しまだ》が同情したような視線を向けてきた。その目の下にはクマが浮いている。

「百済《くだら》先生かい?」

「ええ…」

「あの人、行方不明の常連だからなあ」

「ったく、よりによってこの時期に」

沖屋は苛々《いらいら》と前髪をかき上げた。ずいぶん伸びているが、切りに行く暇もない。

「この時期だから逃げ出したくなるんだよ」

電話の相手に同情した顔で、島田は首を振った。

沖屋の職場は、新宿《しんじゅく》にオフィスを持つ青耀社《せいようしゃ》という出版社だ。さして大きな会社ではないが、そこで月刊小説誌の編集部をひとつ任されている。社内では一番若い編集長だ。

そして出版業界には、年末進行というものがあった。

印刷所や製本所などが正月に休みに入るため、校了までの進行が軒並《のきな》み早くなることを年末進行という。特に定期刊行物を編集する身にとっては地獄のような期間だ。他にもゴールデンウイーク進行やお盆進行などがあるが、年末進行が一番きつい。それは十一月下旬からその影をちらつかせ始め、十二月に入って街がクリスマス色に染まると同時に本格化する。

クリスマスのバカ騒ぎはまあいい、と沖屋は苦々《にがにが》しく思う。それで日本経済が多少なりとも潤《うるお》う部分はあるし、宗教行事をお祭りに変換して浮かれていられるのは日本が平和な証拠だ。他国に例を見ないほどエロ産業が盛んなのも、恥知らずな国ならでは。沖屋はエロ雑誌の編集長だ。

平和でお気楽なニッポン万歳《ばんざい》。おまけにクリスマスには、日本人はエッチな気分になるらしい。

ただ、それが年末進行と一緒にやってくるのが腹が立つのだ。

おかげで出版業界に入ってからこっち、クリスマスソングを耳にすると条件反射的に頭痛を覚えるようになった。こちらはあり得ない忙しさだというのに、対照的に世間が浮かれているのが気に障《さわ》る。

「うわああもうだめだああ」

突然、編集部の一角から妙な叫び声があがった。

「松木原《まつきはら》、不吉な声出してんじゃねえよ」

「編集長〜」

編集部一番の若手、松木原が情けない顔で振り返った。

「東海道新幹線が止まりましたあ」

「東海道新幹線？」

「雪で一時運行を見合わせているそうです」

「——くそ。新幹線便か」

沖屋は窓に目を走らせた。クリスマスに加えて現在大寒波が襲来し、ふだん雪の少ない地域に大雪を降らせて各地で交通機関を引っかき回している。都内はまだ降り出していなかったが、空はどんよりと重かった。商業ビルの派手な照明が疲れた目に痛い。

「まったく、東海道はなんでこう雪に弱いんだ。上越《じょうえつ》を見習えよ」

苛々と吐き捨てた時、穏《おだ》やかな、少し嬉《うれ》しそうな声が耳に返った。

——クリスマスは雪になるかもしれないそうですよ。

今日は十二月二十四日。クリスマスイブだ。

（ガキじゃねえんだから、雪で喜んでる場合じゃないんだよ……）

インクの出が悪いボールペンにも腹が立つ。メモ用紙にぐるぐるとやみくもに丸を書きながら、雑然とした室内を見渡した。

壁の時計は八時を回っていた。編集部の人員は五名だが、風邪《かぜ》で休んでいる社員を除いて全員がまだ残っていた。八時なんて序の口だが、連日の終電もしくは泊り込みでみんな疲れた顔をしている。一人ダウンしてしまったせいで、今年の年末進行はいっそう厳しい。

「……松木原。彼女がいただろう」

少し考えてから、昨日帰宅できずよれよれのシャツを着た松木原に声をかけた。

「え？　はあ」

「今日はイブなんだから、約束があるんじゃないのか」

「ええまあ……」

松木原は歯切れ悪く頷《うなず》いた。さっきの「もうだめだあ」は彼女との約束のことに違いないが、さすがにこの状況では言いにくいらしい。

「でもレストランとかは予約してませんから。行けるかどうかわかりませんからね。うちで待っててくれてます」

「じゃあ、おまえもう帰れ」

沖屋はぞんざいに言い放った。

「え？　でも…」

「新幹線便は俺が取りに行くから。島田さんも、もう上がってください。お子さんはクリスマスを楽しみにしているでしょう」

沖屋より年長で温厚な人柄の島田は渋い顔をした。

「しかし、今回の入稿はさすがに危なくないかな。いろいろトラブルが重なったからねえ」

「いざとなったら、俺が印刷所に頭下げますよ」

「この時期、向こうも殺気立ってるよ」

「貸しがありますから」

沖屋は唇の端を吊《つ》り上げて笑った。そこそこ整った容姿をしている自覚はある。自分のこういう顔に、ある種の効果があるのも知っている。

「ああ、この間の乱丁《らんちょう》？」

「本来なら刷り直しもんですからね。こういう時のために取っておいたんです。死んでも印刷機回させますから」

「はは。怖いな」

「だから、いいですよ。家族持ちはとっとと帰ってください。植野《うえの》も、もう上がれ。お疲れさん」

「沖屋さん、ほんとに一人で大丈夫ですかあ？」

心配そうに寄ってきた松木原に、沖屋はさもうっとうしげな顔を作って片手を振った。

「一番遅れてるのが百済先生だからな。どのみち俺はもうしばらくいるから、東京《とうきょう》駅行くくらいはかまわねえよ。原稿はもう新幹線乗ってんだろ？」

「ええ」

「じゃあのろのろ運転でも運転再開してくれりゃ、いつか着くな。こっちはまだ雪降ってないし……」

「百済先生の方はどうなの？」

島田の問いに、沖屋は肩を竦《すく》めた。

「出来上がった分からデータ送ってもらって校正してるんですがね。ついに連絡取れなくなって」

「あの人、結婚してるんじゃなかったっけ？　家の電話も誰も出ないの？」

「それがこの間奥さんが出てっちまったみたいで。ただでさえ筆の遅い人なのに、今えらくナーバスなんですよ」

「そりゃあ……」

島田は曳《ひ》かれていく牛でも見たような、なんとも言いがたい複雑な顔をした。同じ所帯持ちとして百済に同情しているのか、それとも百済の担当の沖屋に同情しているのか、あるいはその両方かもしれない。

「このまま連絡が取れなかったら、新幹線便取りに行くついでに自宅に様子見に行ってみますよ」

「沖屋さんは、イブの夜なのにいいんですか？」

沖屋はゲイだ。そして編集部員は全員、それを知っている。だけどそう訊《き》く松木原の口調に皮肉な色はなかった。

「俺がそんなタマかよ。クリスマスなんかに興味はない」

冷ややかに笑ってみせると、松木原は曖昧《あいまい》に笑い返した。

帰り支度《じたく》をした社員たちが、口々に「お疲れ様でした」と言って出ていく。全員がいなくなると、先ほどまでの混乱が嘘のように編集部は静まり返った。稼働《かどう》しているのは沖屋のパソコンとコピー機やファクスだけで、さっきまでは聞こえなかったパソコンのファンの音が急に耳につくようになる。

『クリスマスなんかに興味はない』

それは、本心だった。沖屋はキリスト教徒じゃない。クリスマスだからって恋人に会わなくちゃいけない理由もない。

――まあ、それはそうなんですけど。

当の恋人はそう言って、困ったように笑った。三日前の夜のことだ。

沖屋の恋人は困った笑い方がうまい。意味なくへらへら笑うでもなく上から見下ろしてため息つく風でもなく、次は何を言われるのかを楽しんでいる風情《ふぜい》すらある。彼は沖屋の七つ年下なのだけど。

「俺はキリストの家族でも友達でもないからな。誕生日を祝ってやる義理はないんだよ」

「ま、日本人はあんまりキリストの誕生日を祝ってるって意識はないですけどね」

やっぱり笑みを浮かべて、恋人は言った。

沖屋のマンションの、寝室のベッドの上だった。忙しい合間を縫《ぬ》って慌《あわ》ただしく身体を重ね、シャワーを浴びた後。彼は向かいあって座って、沖屋の髪をドライヤーで乾かしていた。ドライヤーの前にちゃんとヘアローションをつけている。食事を作ったり、体を洗ったり爪《つめ》を切ったり。この男はやたらにそういうことをやりたがる。

そういう時、自分が毛並みのいい高慢《こうまん》な猫になった気がする。

「だいたい、おまえの方だって年末進行がまだ終わってねえだろ。なに呑気《のんき》なこと言ってんだよ」

「だって俺、一年めですから。そんなに担当持ってませんし、雑誌もやってないし」

出会った時は年下のバイト学生だったが、彼は現在、沖屋の同業者だった。青耀社より格段に大手の出版社の書籍編集部に所属している。かといって、会社の大きさをひけらかすタイプにはほど遠かった。

「だから、イブの夜はここで待っていてもいいですか？　ちょっと豪華な夕飯作りますから」

指が髪を優しく梳《す》く。かまわれるのはそれほど好きじゃないはずだったが、丁寧《ていねい》に髪を乾かされるのはなかなか気持ちがよかった。つい目を閉じそうになる。

「……おまえは、けっこうあれだよな。イベント男だよな」

一年前のクリスマスイブを思い出した。あの頃、彼はまだ大学生で、沖屋の編集部でアルバイトをしていた。やっぱり死ぬほど忙しく、沖屋と一緒に最後まで残って仕事をしていた。そしてようやく切り上げた時、職場の冷蔵庫からシャンパンを出してきたのだ。事前に買って、冷やしてあったらしい。

「前はそうでもなかったんだけどなあ。でも雪が降りそうだし」

「はあ?」

「クリスマスは雪になるかもしれないそうですよ」

「だからなんだ。雪なんて、歩きにくくて腹が立つだけだ」

ドライヤーの音が止まった。最後に美容師みたいに細かく毛先を整えて、恋人は満足そうににっこり笑った。

「雪が降ってて、街は綺麗《きれい》で、寒くて息が白くて。そういう時、俺はあなたに会いたいなあって思うと思うんです」

「……」

普通の時ならまだしも、今は年末進行の真っ最中だ。しかも沖屋は編集長で、進行に責任を持っている。約束をしたって、守れる保証はどこにもない。今日だって顔を見るのは一週間ぶりだった。少しだけでも会えませんかと携帯にメールが入って、なんとか終電に間にあうように帰ってきたのだ。

「……俺、神様は信じてないいんだよ」

「そうなんですか？」

いつも通り彼は微笑《わら》ったけど、その顔が少し寂しそうな気がしないでもない。だけど笑みを崩さず、彼は言った。

「やっぱり無理かな。年末進行大詰めですもんね。わがままを言うつもりはないですから」

「……何時に帰ってこられるか、わかんねえよ」

斜め下に向けてぼそりと言うと、その瞬間、年下の恋人は顔を輝かせた。沖屋は舌打ちしたくなる。

（あくそ）

なんて……

「待つのは苦痛じゃないです」

軽く指を曲げた手が伸びてきた。猫をくすぐって喉《のど》を鳴らさせるみたいに、顎《あご》をすくい上げられる。

「メシ作っても、冷めちまうよ」

「温《あたた》め直せばいいんですよ」

「もし編集部に泊まりになったら……」

「その時は電話をくれますか。心配しますから」

唇を近づけて、いいことを思いついた、という顔で彼はにっこりした。

「そうしたら俺、青耀社にバイトに行こうかな。去年のクリスマスみたいに一緒に仕事っていうのも楽しいですよね」

「……アホか」

冷めた返事は相手の温かい口中で舐《な》め溶かされた。会ってすぐの急《せ》いたキスとは違う、感触を味わうための長いキスに、自然に瞼《まぶた》がとろりと落ちた。


(……だから神様なんかいないんだよ)

今年の年末進行は今までで最悪かもしれない。作家はつかまらないし、原稿は遅れるし、社員は風邪で倒れるし、東海道新幹線は止まるし。こんな殺伐《さつばつ》とした毎日のどこに神様がいるというのか。

予報通り、東京でも雪が降り出していた。会社から新宿駅までの道のりをいつもより長く感じる。吐く息が遠くまで白く、キンと冴《さ》えた空気の中、作り込まれたイルミネーションの森がどこまでも続いていた。沖屋は腕時計に目を走らせた。彼はもう何時間待っているだろう。

神様なんていらない。それよりも時間が欲しかった。

定刻よりかなり遅れて、ようやく原稿の乗った新幹線が東京駅に到着した。新幹線便の窓口は八重洲《やえす》口の外にある。駅から離れたその建物まで早足で歩き、原稿を受け取って今度は山手線《やまのてせん》ホームに向かった。

きらきらした街中に比べて東京駅はふだんにも増して忙《せわ》しない師走《しわす》モードだったが、すれ違うスーツにコートの乗客たちがみんなもう仕事を終えて帰るところのように見える。実際、こんな雪の夜はデートでもなければさっさと帰宅する人間がほとんどだろう。

(山手で池袋《いけぶくろ》に行って、東上線《とうじょうせん》に乗り換えて……)

頭の中で所要時間を計算する。作家の百済とは依然として連絡がつかなかった。できれば終電前にはマンションに帰り着きたいと思っていたのだが、疲れた体の隙《すき》に弱気が入り込みそうになる。

口ではああ言っていても、帰れなかったらやっぱりがっかりするだろう。だけどそういう顔は、きっと自分の前ではしない。

（七つも年下のくせに）

彼の虚勢《きょせい》を知っている。ぎりぎりのところで余裕をなくす様も。どちらも見ているとふだんは動かない心の底がざわりと騒ぐ。

電車に乗る前にもう一度百済に連絡を取ってみようと、沖屋はコンコースの柱の陰で携帯電話を取り出した。

家の中ならどこにいたって取れるくらいの間呼び出し音を鳴らしても、誰も出ない。半分他のことを考えながらしつこく鳴らして、さすがにあきらめて切ろうとした時、行き止まりだった電波の先がふっと抜けた。通話が繋がる。

「……もしもし？　百済先生ですか？」

『……』

「お世話になっております。青耀社の沖屋です」

返事はない。だが、たしかに人の息遣いがする。かまわず沖屋は続けた。

「原稿の進み具合はいかがですか？　もうあまり時間がないので、できている分だけでもデータで」

『僕はもうだめだ』

沖屋の言葉をぶった切って、地の底から響いてくるような声がした。

「はあ？」

『もうだめだ。おしまいなんだ。死ぬ。死んでやる』

「ちょ…っ」

『ちくしょう。クリスマスがなんだっていうんだ。みんな浮かれやがって……礼子《れいこ》もきっと今頃よその男と会ってるんだ。そうだ。そうに違いない』

どうやら酔っているらしく、声は呂律《ろれつ》が回っていなかった。

礼子というのは、たしか家を出ていった奥さんの名前だ。ちなみに百済は元は純文作家を目指していた男で、美文と言えなくもないがもってまわった文章を書く。胃弱。

『もうこうなったら、どこかの派手なクリスマスツリーの前で死んでやる。居合わせたすべての人間の今日を、一生忘れられない闇で塗りつぶしてやるんだ。ははは。そうだ。そうしよう』

どうやら原稿ができないのと奥さんが出ていったのと世間がクリスマスなのがトリプルで押し寄せたせいで、どこかがプツンと切れたらしい。沖屋は慌てて携帯電話に呼びかけた。

「百済さん？　酔ってらっしゃるんですか？　ちょっと落ち着いて——」

電話は唐突に切れた。

「……」

空《むな》しく通話音を鳴らす携帯電話を、沖屋は耳から離して呆然《ぼうぜん》と見つめた。

「くそ…ッ――」

衝動的に携帯を床に叩きつけそうになる。

（どこに神様がいるってんだよ……！）

周囲はひっきりなしに人が流れている。通り過ぎていく誰かの楽しそうな会話。「ホワイトクリスマスだね」と笑う声。その中を、沖屋はコートを翻《ひるがえ》して駆け出した。


手先が使えなくなるので手袋が嫌いだった。指が冷たくかじかむ。

埼玉《さいたま》のベッドタウンには静かな夜が広がっていた。駅前はそれなりに飾られているが、住宅地は歩く人も少なくひっそりとしている。それがいっそう、みんな家の中で暖かいクリスマスを過ごしているんだろうと思わせた。たまに窓辺やベランダで電飾コードを瞬《またた》かせている家がある。繁華街《はんかがい》の商業的なイルミネーションとは比べるべくもないけれど、静かな町並みの中で目にすると、はっとするくらい綺麗だった。

沖屋は昔からあれが不思議だった。飾っている当人たちは家の中にいて見えないのに、何が楽しいんだろう。それとも通行人の目を楽しませようという親切心なんだろうか。

百済が自宅にいなかったら、もうどうしようもなかった。客寄せの巨大なクリスマスツリーのある場所がいくつか脳裏に浮かぶ。まさか本気じゃないだろうという考えが大半を占めてはいたが、万が一ということもなくはなかった。作家という人種は、追いつめられると何をやるかわかったものじゃない。

それに急性アル中とか、家の中でどうにかなっているとか、別の可能性も頭にちらつくし。

(ふざけんなよ)

だからクリスマスなんて嫌なんだ。クリスマスじゃなかったら、年末進行中じゃなかったら、百済もそこまで追いつめられなかったに違いない。

一度だけ訪れたことのある百済の自宅には、もちろん電飾やリースの類《たぐい》は飾られていなかった。ごくありきたりな二階建ての家だ。窓はすべて真っ暗で、家全体がしんと静まって佇《たたず》んでいた。

暗い家を目の前にすると、どうしようもなく嫌な気持ちが湧いてきた。

(まさか)

沖屋はやみくもにインターフォンの呼び出し音を鳴らした。返答はない。拳《こぶし》でドアを叩いて、声をあげて呼んでみた。

「百済さん？　百済さん！」

携帯を取り出して、固定電話にかけてみる。さっきは繋がった電話だ。だけど耳をすませても、家の中からはなんの音も聞こえてこなかった。

コードを抜いている。

「……」

冷えた爪先から力が逃げていく気がした。

連日の疲労が一気に全身にのしかかってくる。自覚したら最後、もう一歩も動きたくなくなった。

沖屋はずるずるとその場にうずくまった。コートの裾《すそ》がべったりと玄関ポーチの床に広がる。嫌な気分が止まらない。頭がぐるぐるして、吐き気がした。

「ほら見ろ。神様なんかいねえじゃねえか……」

無力感に押しつぶされそうになった。

ずっと一人でやってきた。前職を捨てて、畑違いの業界に入って。小さな会社の五人しかいない編集部だけど、それでも編集長を任されたから、最終的な責任は全部自分で負ってきたつもりだ。頼るものなんてない、いらない、そう思っていた。

氷のような床から冷気が這《は》い登ってくる。うつむいた視界にも雪が舞う。

(寒い)

雪が降ってて、街は嫌になるくらい綺麗で、寒くて息が白くて、一人で。

――そういう時、俺はあなたに会いたいなあって思うと思うんです。

「……」

恋人が自分に会った瞬間に見せる、嘘偽《いつわ》りのない笑顔を思い出した。

年下なことにコンプレックスを持っているのか、あんまりあからさまなのは恥ずかしいと思っているのか、それは一瞬だけで、すぐに抑えた穏やかな笑顔にすり変わってしまうのだけど。

あんなふうに作為なく純粋で、他の人のためじゃなく自分のためだけのものが、誰かの内に存在するなんて――

「………かゆき」

声にするつもりはなかったのに、その名前は唇からこぼれた。勝手に。

「隆之《たかゆき》」

たとえば忙しすぎて崩れそうな時に名前を呼んだら、そこで折れる気がしていた。支えるものができたら、一人で立てなくなる気がしていた。

だけど案外、拍子抜けするくらいあっさりと、口に出した自分の声は自分の中に熱と力を生んだ。

「……くそ」

沖屋は長く息を吐いた。膝頭《ひざがしら》をつかんで、立ち上がる。

（窓くらい割ってやる。後で文句言われたって知ったこっちゃねえや）

あたりを見回して、手近な拳大の石を拾い上げた。玄関の横手に、庭とも言えないささやかなスペースが設けられている。内側をカーテンで覆われたフランス窓があった。リビングらしい。沖屋はそちらに足を踏み出そうとした。

「――あの」

その時、背後から声がした。

「はっ？」

沖屋は勢いよく振り返った。

「うちに何かご用でしょうか」

「――」

女が立っていた。綺麗に彩《いろど》られた唇から白い息を吐いて、暖かそうなキャメルのコートをまとっている。襟《えり》のファーの上にカールした髪がくるんと落ちていた。

（……美人だ）

それもかなりのレベルの。

「山下《やました》に何か？」

「………」

自分には現実対処能力はけっこうあると思っていたが、沖屋はとっさに言葉が出なかった。三秒たって、山下というのが百済の本名だということを思い出した。

「あ、あの……先生にお世話になっている出版社の者ですが……」

「まあ。編集さんですか。山下がいつもお世話になっております。私、家内です」

家内という古風な言葉は洗練された美女にはまるで似合わなかったが、彼女は沖屋に向かって深々と頭を下げた。

（この美人があの百済さんの……）

毒気を抜かれるとはこのことだ。沖屋が呆然としていると、美女は小さく首を傾《かし》げた。

「それで…？」

沖屋は手にしていた石をさっと背中に隠した。

「あ、ああ、えーとですね、先生とずっと連絡が取れなかったんですが、先ほど電話が繋がりまして、その、少し落ち込んでおられるようなので様子を見に……」

「まあ、それはわざわざ…。ご迷惑をおかけしたようで申し訳ありません。ちょっと待っていただけますか？」

彼女はハンドバッグから鍵《かぎ》を取り出して玄関ドアを開け、中に向かって呼びかけた。

「あなた。あなた！」

さっきはインターフォンにも沖屋の呼びかけにもうんともすんとも言わなかったのに、ものの数秒で家の奥にパッと明かりがついて、けたたましい足音が駆け寄ってきた。

「礼子！」

（生きてやがる）

もちろんそれが何よりで、そうであってくれないと困るのだが。

落ち着いている美女に比べて、百済はそうとう取り乱していた。涙と鼻水で顔がぐちゃぐちゃになっている。浮気をしたのしないのと言い争っているので、これは他人が立ち入るべきじゃないだろうと、沖屋は二人から距離を取った。が、聞こえてきた会話から察するに、彼女は浮気なんかしていないのに百済が一人で猜疑心《さいぎしん》をつのらせて喧嘩《けんか》になったようだ。やれやれ、と沖屋は肩を竦めた。

「帰ってきてくれたんだな」と取りすがる夫に、妻は微笑《ほほえ》んで返した。

「だって今日はクリスマスじゃないの。優しい気持ちになれると思ったのよ」

百済はやはりかなり酔っているらしい。沖屋の存在には気づきもせず、泣き崩れている。石をこっそり捨てて近寄って、肩を支えている妻に言った。

「青耀社の者です。私はこれで失礼しますが、先生に原稿は明日の夕方までお待ちしますとお伝えくださいい」

「あら…。みっともないところをお見せしてすみません。でも大丈夫ですか？　もしかしてずいぶんお待たせしてるんじゃないかしら」

「ええまあ」

曖昧に答えて、沖屋は自分にできる最上の優しい顔で笑ってみせた。

「でも、クリスマスですから」


駅に向かう道の途中で携帯電話が鳴った。液晶画面をひらくと、恋人の名前が夜の中に浮かび上がった。

帰りが遅いから心配してかけてきたんだろう。電話に出ると、ほっとしたような声が流れてきた。

『今、電話しても大丈夫ですか？』

一人で立つ雪の積もったアスファルトの上で、その声は場違いに暖かく響いた。

「ああ」

『すみません。忙しいですか？　ですよね。ちょっと心配になって』

「いや…」

自分の声は抑揚《よくよう》なく平坦《へいたん》すぎたかもしれない。喉に何か詰まっているようで、そんな声しか出なかった。

恋人は敏感に心配そうな声音になった。

『大丈夫ですか？　あの、何かありましたか？』

「何もないよ」

『本当に?』

「ああ」

言葉の裏を読もうとするように、少しの沈黙があった。それから、声は明るく言った。

『ひとつ口説《くど》き文句を思いついたんですが、言ってもいいですか』

「口説き文句?」

歩きながら話していたら、住宅地の中にぽつんと建ったフレンチレストランに行き当たった。店先に一メートル足らずのクリスマスツリーが飾られている。枝に本物の雪がふんわりと積もっていた。てっぺんの電飾の星がチカチカと瞬いている。ちゃちでちっぽけで、綺麗だった。

『神様なんか信じなくてもいいですよ』

「え?」

『神様はみんなを平等に愛しているけど、俺が愛しているのはあなただけですから』

沖屋は思わず立ち止まった。

「……おまえ、底知れずバカだな」

『笑ってます?』

「ああ」

『よかった。笑ってもらおうと思って、言ったんです』

「……なあ。晩メシ、何を作ったんだ?」

『ビーフシチューです。だから、遅くなっても大丈夫ですよ。煮込んだ方がおいしくなりますから』

「ふうん。楽しみだな」

『えっ? ど、どうしたんですか。楽しみなんて、沖屋さんが言うなんて……。本当に何かありましたか?』

「別に何も」

冷たい空気を飛び越えて声を運んでくる携帯を耳にあてながら、雪を降らせる夜空を見上げた。早く帰りたかったのは雪のせいだと、後で年下の恋人には言おうと思った。

「今から帰るよ」

# あとがき

こんにちは。高遠琉加《たかとおるか》です。

無事に2冊めのガッシュ文庫を出すことができました。「置屋のやり手婆」ことエロ雑誌編集長、沖屋さんのお話です。

このお話は『犬と小説家と妄想癖』のスピンオフになります。前作を読んでいなくても大丈夫ですが、でもよかったら読んでください。沖屋がちょこっと出張ってます。

この2作は以前にノベルスで出たものの文庫化なんですが、そういえば最初に雑誌に書いた時、男性向けのエロ小説誌を読んだことがなくて当時の編集さんに買って送ってもらったなあ。かなり羞恥プレイだったと思います。今頃ですが、すみません…。でもその雑誌は女性SF作家さんが書いてたりして、けっこうおもしろかったです。イラストはまったく萌えなかったですが。

今回の文庫化にあたり、雑誌掲載作でノベルス未収録の『神様のいない夜』を入れてもらいました。が。

重大な事実が発覚。なんと、作中に出てくる〝新幹線便〟は今はないそうです。かわりになるサービスもないそうで、でもはずすとお話に支障が出るので、このまま行かせていただきました。ちょっと前の話だと思ってください。さらに、本編で大学生だった水梨が就職活動をしていますが、私が就活をした頃や最初に書いた時とは、活動の時期がずいぶん変わっているみたいです。ちょこちょこ直しましたが、数年後に読んだらまた現実とは違っているかも…。そのへんはあまり気にしないでください。ちなみに沖屋の名前の由来は置屋ですが、水梨は年下のみずみずしい男ってイメージです。桃の次に梨が好き。

とても魅力的でかっこいい沖屋と水梨を描いてくださった金ひかる先生、ありがとうございました。金先生のイラストのおかげで、それまで書いたことのなかったタイプの人が書けた気がします。

新装版の機会を与えてくださった編集様も、ありがとうございました。編集の方は沖屋にことのほか親近感を持ってくれる気がします。百済のように、電話切ったとたんにため息つかれてないといいのですが。

最後になりましたが、ここまで読んでくださった読者様、ありがとうございました。新装版を出せるのは読んでくれた人たちのおかげだと思います。またどこかでお会いできれば嬉しいです。

美人でクール、イジワルな
女王様な沖屋さんが
犬の様にシッポを振ってくる
年下男(隆之)を
振り回し倒す話かと思いきや!
とても不器用でガラスのハートな
沖屋さんに胸がギュギュ～っと
わし掴まれました!
又、くっついた後に年下男(隆之)が
H時に図に乗っちゃう辺りも
お約束でイイ♡
とても好きなカップルでした!

金ひかる

下半身…
固いのが
当ってるぞ…
いや…これは…
不可抗力でして…

KAIOHSHA ガッシュ文庫

捨てていってくれ
(2005年ビブロス刊『捨てていってくれ』収録作品を改稿)
花束抱いて迎えにこいよ
(2005年ビブロス刊『捨てていってくれ』収録作品を改稿)
神様のいない夜
(小説b-Boy2005年12月号)


捨てていってくれ
2010年8月10日初版第一刷発行

著　者■高遠琉加
発行人■角谷　治
発行所■株式会社 海王社
〒102-8405
東京都千代田区一番町29-6
TEL.03(3222)5119(編集部)
TEL.03(3222)3744(出版営業部)
www.kaiohsha.com
印　刷■図書印刷株式会社
ISBN978-4-7964-0063-3



高遠琉加先生・金ひかる先生へのご感想・ファンレターは
〒102-8405 東京都千代田区一番町29-6
(株)海王社 ガッシュ文庫編集部気付でお送り下さい。

## 恋の仕方

谷崎 泉
イラスト／楢崎ねねこ

人気美容院に勤める新米美容師の朝陽は、必死で仕事をこなす忙しい毎日を送っていた。ある日、朝陽はなじみの飲食店でエリートサラリーマンの重森と出会う。優しく誠実な好意を朝陽に寄せてくる重森。だが、朝陽には、かつての恋人に振り回された辛くて苦い過去があった…。しかしある日、朝陽の前に元彼が現れて…!?

## 泣かせて、おしえて

義月粧子
イラスト／梨とりこ

うぶで涙もろい服飾系専門学校生の阪下青砥は、校外研修先で有名ブランドに勤めるエリート・久住に出会う。一目で久住に惹かれた青砥だが、久住には遠距離恋愛中の恋人がいた。最初から叶わない想いだった、と諦めたのもつかの間、なりゆきから久住とセフレとして付き合える事になって…？

## キス&クライから愛をこめて SIDE:KISS

小塚佳哉
イラスト／須賀邦彦

かつて天才少年と呼ばれたフィギュアスケーターの隼。オリンピック最終選考会に敗れ失意の中、ひとりの男と出会う。ダブルのスーツが似合う見惚れるほど精悍な顔だちの男は、隼のファンだと言い愛情のこもった眼差しで隼を見つめていた。極道にしか見えない彼・天城のことが心から離れず……？

KAIOHSHA ガッシュ文庫

## 回路接続

神楽日夏

イラスト／香坂あきほ

素性のわからない謎の美少女モデル・雛世。その正体は、実は十七歳の内気な男の子。引きこもりのちひろは、デザイナーの兄の頼みで「雛世」を続けている。外に出るのは「雛世」のときくらい…。そんなある日、人気モデルの飛渡颯にうっかり秘密を知られてしまって…!?

## 純愛エクスタシー

朝香りく

イラスト／吾妻巳緋

浪費がたたり生活に困った大学生の悠麻は、賭け事に手を出して大敗。借金に途方にくれ、賭場の店長から出された条件は「高級クラブオーナー・伊勢崎を落とせたら支払いを待つ」。男に抱かれるなんて冗談じゃない！　だが他に術もなく伊勢崎を訪ねると、不遜な彼になぜか気に入られ貞操の危機!?

## 告白

可南さらさ

イラスト／六芦かえで

由緒ある男子校・鷹ノ峰学園に入学した彼方は、桜の下で恋に落ちた。相手は、クールで毒舌な生徒会副会長・寒河江。少しでも彼に近づきたくて、彼方は生徒会の雑用係になるが、寒河江は彼方の存在を無視し、向けられる言葉は叱責ばかり…。叶わない恋とわかってる。でも、好きでいていいですか——。

KAIOHSHA ガッシュ文庫

## 水曜日の悪夢

夜光花

イラスト／稲荷家房之介

高校の音楽講師で元バイオリニストの和成は教え子の真吾の類まれなる才能に惚れこんでしまう。ある日、和成は父親からの虐待に苛立つ真吾を預かることになった。突然無口な真吾に激しく求められて、和成は戸惑う。しかし愛を知ることによって、真吾の才能を更に伸ばせるならと偽りの愛情を与えてしまい…。

## 帝王と淫虐の花

あさひ木葉

イラスト／朝南かつみ

艶やかな美貌の朱雀雪緒は若くして一つの組を統べる極道。ある日、香港黒社会に君臨する麗峰を殺せとの命が下り、雪緒の心は揺れる。なぜなら、麗峰は密かに想い続けていた男だったからだ。昔、麗峰の性奴だった雪緒は、生きる拠としてきた男を殺すか否か、迷いを抱えたまま香港に向かうが…!?

## 蒼い海に秘めた恋

六青みつみ

イラスト／藤たまき

幼い頃から憧れていたグレイに会いたい一心で彼の元にやってきたショア。男らしく精悍なグレイは、想像以上の優しさで迎えてくれる。しかしある日グレイを騙したと誤解され、彼に突き放されてしまう……。けなげなショアに訪れた最初で最後の恋の行方は…?

ガッシュ文庫

# 小説原稿募集のおしらせ

**ガッシュ文庫では、小説作家を募集しています。**

**プロ・アマ問わず、やる気のある方のエンターテインメント作品をお待ちしております！**

## 応募の決まり

### [応募資格]

商業誌未発表のオリジナルボーイズラブ作品であれば制限はありません。

他社でデビューしている方でもＯＫです。

### [枚数・書式]

40字×30行で30枚以上40枚以内。手書き・感熱紙は不可です。

原稿はすべて縦書きにして下さい。また本文の前に800字以内で、作品の内容が最後まで分かるあらすじをつけて下さい。

### [注意]

・原稿はクリップなどで右上を綴じ、各ページに通し番号を入れて下さい。
また、次の事項を１枚目に明記して下さい。

**タイトル、総枚数、投稿日、ペンネーム、本名、住所、電話番号、職業・学校名、年齢、投稿・受賞歴（※商業誌で作品を発表した経験のある方は、その旨を書き添えて下さい）**
・他社へ投稿されて、まだ評価の出ていない作品の応募（二重投稿）はお断りします。
・原稿は返却いたしませんので、必要な方はコピーをとって下さい。
・締め切りは特別に定めません。採用の方にのみ、３カ月以内に編集部から連絡を差し上げます。また、有望な方には担当がつき、デビューまでご指導いたします。
・原則として批評文はお送りいたしません。
・選考についての電話でのお問い合わせは受付できませんので、ご遠慮下さい。

※応募された方の個人情報は厳重に管理し、本企画遂行以外の目的に利用することはありません。

## 宛先

**〒102−8405　東京都千代田区一番町29−6**
**株式会社 海王社　ガッシュ文庫編集部　小説募集係**